ALÉM DA MEMÓRIA

Título: ALÉM DA MEMÓRIA

1ª. Edição, 2023

Supervisão de arte: Carlos Renato
Revisão de texto: Alessandro Thomé
Imagens: Alípio do Amaral Ferreira

Dados Internacionais de Catalogação na Publicação (CIP)
(Câmara Brasileira do Livro, SP, Brasil)

Guaracy, Thales
Além da memória / Thales Guaracy. - 1. ed. -
São Paulo: Autores e ideias: Assírio & Alvim, 2023.
ISBN 978-65-84832-09-1
1. Poesia brasileira I. Título.
23-141319 CDD-B869.1

Índices para catálogo sistemático:
1. Poesia: Literatura brasileira B869.1
Aline Graziele Benitez - Bibliotecária - CRB-1/3129

ASSÍRIO & ALVIM é um selo editorial publicado no Brasil pela Autores e Ideias Editora Ltda. sob licença da Porto Editora S.A.

Contato: assirioealvimbrasil@gmail.com
@assiriobr
www.assirio.com.br

Thales Guaracy

ALÉM DA MEMÓRIA

ASSÍRIO & ALVIM

Para Malfisa, Mafalda e Marlene Fiorini

In memoriam

I. Sombra e luz

Este poema é para mim e para todos
serve não à posteridade
mas à compreensão
serve à vida
e saberá mais aproveitar
quem vai do poço
ao céu e do céu ao fundo
do poço do próprio mundo
como o ar dentro e fora
fora e dentro ao respirar
a voar ou revirar um fosso
na memória ora a minerar
ora a levitar

Faço aqui meu pouso, pés cansados
a mente com asas pesadas de pensar
o coração voa entre penhascos
no descanso que abriga céu e mar

Vencido e vencedor
volto à rede que balança
ao céu azul no suave vagar
sou de novo criança
no engano de sonhar

*

A infância não é lembrança
é presente que se aviva
quanto mais o tempo passa
volto a mim mesmo
reencontro a mim mesmo
neste livro-espelho

Eu de verdade
ou quem nunca deixei de ser
oculto, perdido, infiltrado
no adulto construído
por enganosos artifícios

O homem é vez e sempre
menino homem velho menino
unívoca pessoa

Toda e qualquer fotografia
é nosso retrato definitivo
instante e eternidade
passado, presente e futuro
nascente, leito, foz
água do mesmo rio
rio-tempo:
totalidade

*

Ao se apagar o momento
quando o livro fechar
olhos extintos
tais quais os de minha mãe
que esmaeceram do amarelo-verde vivo
à cor de terra e mar profundo
não haverá lágrima nem lamento
cada dia terá tido o seu brilho
fagulha na miríade
consumindo a si mesmo
insolente meteoro

Haverá o depois como houve o antes
depois de um breve rasgo no curso estelar
a chama insignificante que nada muda
ou muda tudo
ignição do universo

Vida
estrela cadente
cortando silente a amplitude
calor de brasa vulcânica no frio de inverno
luz faiscante na escuridão marinha
onde a molécula primitiva e morta

de repente se tornou
vida

Entre os animais
prevaleceu não o maior
e sim o mais fraco, medroso e indolente
porém artificioso e inteligente
engenhoso conquistador
criatura recriando a si mesma
inventora da própria existência
intrusa interferência
no curso natural do universo

Nômades selvagens prognatas
caçadores glabros pintores de cavernas tribais
egípcios calvos com sobrancelhas de lápis-lazuli
gregos inventores da sabedoria
da democracia filosofia medicina olimpíada
dos cânones e da cosmogonia
e de deuses demasiadamente humanos

Passaram reis, nobres e escravos
ergueram-se templos, obeliscos, muralhas
passaram tolos e sábios
passaram ódios e amores extremos
gestos de bravura
perdidos no silêncio do esquecimento
passou a miséria com seus arautos e corvos
passaram heróis puros de capa e espada
e celebridades do mal igualmente notáveis

A engrenagem do engenho do tempo range
tece a rede incorpórea da humanidade
saímos dela num susto
golfada súbita a receber pela primeira vez
o ar
intervenção aberrante na platitude das horas
fenda no esplendor do universo

Cada um tira e põe no mundo sua parte
nota perene no concerto solene
de um sinfonia inacabada
música silenciosa
ou simplesmente nós

Nós produto do acaso
erro do universo
fazemos viver o universo
porque o universo só existe
diante do meu olhar
a lhe dar
significado

*

Para que contar uma história
talvez sem grandes encantos
talvez com menos glórias
igual à de outros tantos

Na extensão do universo
somos muito e somos nada
somos nada e somos muito

O homem mais comum
jamais será pouco
infinito que cabe em um
inversão do universo para dentro de si
pois o universo nos cabe no peito
somos pequenos e também somos grandes

Levanto a bandeira do homem
rota, rasgada e inglória
frágil quixotesca insensata
de quem arrisca a vida
e no exílio da existência
inventa o sonho
dá sentido à Criação
ao cosmo
ao café na cama

ao trabalho transformador
à saudade
ao beijo roubado

Nossa alma volta e meia perdida
é reencontrada nesta canção
não é porto, somente partida
para os navegantes do coração

*

Eu poderia escrever um romance
mas cada tarefa pede seu instrumento
na investigação mais profunda
é preciso espraiar a alma
deixar vagar livremente
a mensagem difusa dos sentimentos
mal retratada pelas palavras
é menos o que se diz
e mais o que não se diz
missiva nas entrelinhas
imagens em lugar de discursos
momentos fugazes
sem ordem sentido propósito destinação
tudo o que a palavra não alcança
reconciliação
com a criança

Romance é arquitetura
poesia é suspensão
esmerilhar a palavra
até que ela baile na página
                                                            como na brisa
anti-palavra
busca não o sentido
mas o sentimento

não o coração
mas sua aura

Poesia
revela o invisível
subverte a ordem
o entendimento
rasga o tempo
o pensamento
o mistério de nós mesmos

É preciso não pensar
artimanha antigenuína antinatural
engenharia de ideias fabricadas com palavras
destinadas a acabar como os hieróglifos
gravados nas pedras gretadas
em templos do deserto
esquecidas ao sol do tempo
lentamente dissolvendo
na areia

*

Agimos sem saber o motivo
não identificamos a voz silenciosa
que nos contagia e comanda
vinda do tempo em que não tínhamos lógica
tateando na caverna escura
da nossa natureza primeva

Fecha os olhos
cerra a mente
busca saber pelos sentidos
como se toma conhecimento
pela tranquilidade e o calor do útero

Nascemos com uma inteligência indefinível
mas a razão destrói a percepção
oculta o comando sensorial
guia por trás de nós mesmos
onde se encontra o coração sensível

A razão é um escudo
defende o homem da verdade
para a verdade é preciso coragem
e contra a verdade erguemos castelos
ainda que condenados à erosão

Nos bastiões da razão
escondemos o que somos de fato
pelo menos por algum tempo
(menos em sonhos)

Para ter coragem é preciso coragem
derrubar as trincheiras e tirar o arame farpado
baixar as pontes levadiças
tirar as máscaras da vida inteira
carapaças de sensatez

A coragem faz o tempo voltar
experimentar de novo sensações elementares
porque é quando criança
que mais aprendemos o mundo
vida em essência
nós dentro de nós
diante do que está ao redor

Para descobrir a nós mesmos
retiramos a tumba da areia
e a areia de nossos sentimentos soterrados

Tento entender
quem sou antes mesmo da lembrança
da memória racional
busco o tempo de criança
quando já éramos nós mesmos
onde se encontra a raiz da alegria e do sofrimento

sentimentos elementares
que escapam aos instrumentos

Não sei mais onde estou e aonde vou
o que sei, o que sou
há apenas o vazio
o vácuo
e abro
os braços

*

A fresta
da porta entreaberta
deixa luz e sombra
sombra e luz

Não havia ainda a explosão das estrelas
o Dilúvio Jesus de Nazaré César Napoleão
a Peste Negra a Inquisição
a Renascença o Cubismo
nenhuma arte do homem
e nem mesmo o homem
só o prelúdio do mundo
luz e sombra
sombra e luz

Escuridão
existência que frequentamos apenas duas vezes
ao nascer e (em breve) morrer

A morte convida
como volta ao universo anterior
paz do tempo sem tempo
existência absoluta
tudo do nada para toda a eternidade
não nos perguntamos nada

não precisamos de nada
não queremos nada

Já a vida
ah, a vida requer sabedoria
para decifrar os enigmas
desfazer aparências
pois o mais rico é quem mais precisa
o mais sábio é quem mais pergunta
e nós
somos tudo e somos nada
somos nada e somos tudo

Nascemos
daí em diante desaprendemos a cada dia
reduzidos a um banco de dados
prontos a obedecer

Para que a razão
para que explicar o universo
se fazemos parte dele
ele está dentro de nós
pobreza e riqueza
início meio e fim
na infinita vastidão de nós

Se queres conhecimento
e mais que conhecimento
se queres sabedoria
deita na relva

e olha
a porção escura
do céu

*

O quarto profundo
começo do conhecimento do mundo
onde está a vida mais pura
e o pecado original

Paredes silenciosas
quadrado fechado
sobre o cercado
grade jaula prisão

Uma lâmina de luz
corta o medo da escuridão
sou aprendiz de esperança
pela volta lá fora
dos pais que foram embora
matriz da futura solidão

Sozinho comigo eu demorava a dormir
tempo: coleção de sons da vida distante
em companhia da renda do berço
cuja textura eu testava com os dedos

Roçava o tecido
entre o indicador e o polegar
mantra da calma

abraçava o travesseiro companheiro
aconchegante e reconfortante
meu primeiro amigo

Na penumbra do quarto
há perguntas mudas
como vento e maré
a nos jogar sobre os recifes
vagas distantes da memória esquecida
ou trazida de um jeito
com que não sabemos lidar
língua arcaica
que já não deciframos
a língua do mar

Filhos do vento
filhos do tempo
filhos da coincidência
filhos do amor enganado e desenganado
amor roubado
amor proibido
único verdadeiro
amor ganho e perdido

Qualquer amor que gerou amor que gerou amor
e moldou o que sou e seremos
fez de mim desbravador
herdeiro de antigas e violentas paixões
de conquistadores da terra
homens ardentes

barqueiros ao leme rumo à Guiné
caçadores guerreiros
homens com e sem fé
filho de mães sagradas
e mulheres profanas
de obscuras ciganas
e valquírias aladas

O amor possível
está no cheiro das flores
no gosto do leite materno
no bolero de Ravel
no toque de mãos calosas
o amor que eu desejaria ter
vitória sobre mim mesmo

*

Nasci na fuligem da cidade grande
criado com leite em pó
na cacofonia urbana
mãos estendidas no eloquente vazio
em busca do carinho da mãe

Mãe
turbilhão de onde brotamos sem jamais esquecer
o primeiro olhar
o desejo do beijo afago abraço
busca da vida inteira
que eu mais do que nunca
ainda queria ter
ao anoitecer

*

Minha mãe
filha caçula de italianos migrantes
fazedores de fortuna na seara vermelha do café
gente da terra arruinada numa hecatombe
despejados subalternos na metrópole
levantada com a riqueza que um dia foi sua
altaneiros soberbos e bravos
mas sem o lustro que dava futuro
no lugar do futuro

O avô saiu pela vida mambembe
leiteiro em Pompeia depois metalúrgico
na São Paulo da grande indústria
o corte estridente do metal
mal pagava as contas da família grande
e lhe deixou uma velhice de ouvidos surdos

Homem sem letras que gostava de cantar
linhagem de velhos bardos
trovadores originais
cantadores de versos malfeitos
de rimas pobres e verdades descosturadas

Legou aos filhos o gosto pela música
e o jeito bruto do camponês

para quem a vida não requer explicação
afeto se sentia
da forma mais radical
mas não se manifestava
agnóstico como seus conterrâneos
garibaldino, anarquista, anticlerical
rude da roça, rude do mato
ignorante dos costumes da capital
deixava sempre aberta a porta da rua
mas a garrucha dormia
na gaveta da cabeceira

Minha mãe quando menina
dançava na chuva, cantava e pulava carnaval
gostava de bichos e das justiças
moleca pobre de pé no chão
suja de vermelho e preto da terra batida
no bairro da sua e depois minha infância
quando a Casa Verde era o outro lado do rio
longe

Lá se abrigava a diversidade do mundo
imigrantes de todas as partes
portugueses, italianos, espanhóis e até japoneses
recém-chegados do sertão paulista
casas térreas em ruas de cascalho
outra cidade além do Tietê
ilhada pelas enchentes da vargem
e os hábitos da gente vinda do sertão

Na Casa Verde se falavam múltiplas línguas
vigoravam costumes e crenças
santos de barro e profetas ciganos
com seus vaticínios
remontando ao tempo da velha Europa
obscurantista medieval

Um passado que eu veria meu avô cantar
tantas vezes nas tardes de domingo
inspiravam um romance
recriação de priscas eras
dos pobres em navios superlotados
barcaças de ferro velho partidas da Europa
imigrantes de uma terra miserável
cheios de filhos e esperanças
donos da fé e mais nada

Fugiam do destino
que lhes tirou o chão
mas não a identidade
nem a vontade
e a capacidade de trabalhar
único verdadeiro
capital humano

Espíritas e católicos de olhos estalados
matavam galinhas e sangravam porcos no quintal
acreditavam em poderes mágicos
nos feitiços e sortilégios
nas cartas

cristais
linhas da mão
na premonição
fonte do poder da cura
poder dos impotentes
dos despossuídos

A avó não tinha castanhas ou aguavida da Itália
nem o forno de lenha da roça
usava feijão e pinga para fazer turtias
assava a pizza na panela de pressão

As crianças jogavam bola na várzea
o Tietê era limpo parque de ar puro
com namorados de manhãs ensolaradas
tardes de piqueniques sobre a relva
e barcos de regata cortando as águas

Por brincar na rua minha mãe ficou noiva
de um homem desenganado
olhava aquela moça da janela
e dizia que queria se casar com ela
último desejo que ela aceitou atender
aos quatorze anos foi noiva
e como já era esperado
depois de certo dia nunca mais viu o noivo
levado pela leucemia

Talvez tivesse casado com ele em pensamento
noivos para sempre ao vento

depois caiu o pai apaixonado
ou apaixonaram-se os dois
será o amor válido apenas na coincidência
produto do acaso
prova maior da existência do Destino
momento em que duas almas se encaixam
ou valerá também quando é construção
duas almas juntas por decisão consciente
ainda que o tempo venha a desfazer isso
depois

Amor de romance ou amor de aliança
não importa
estação mais bela da vida
amor ideal
amor de permanência
porém tão fugaz quanto a própria existência
sucumbindo a si mesmo e à realidade
ao sonho duradouro e perfeito
o amor não existe direito
se é que ele existe:
flutuante felicidade

*

Minha mãe
alma de pé no chão
cobrança e ambição
às vezes meio sem coração
filha de gente dura
sabia ser toda ternura
graça e beleza
mas na incerteza
recuperava a frieza
do aço inoxidável

Seu amor era imenso
seu amor era forte
vinha da forja da infância
tinha a têmpera dos brutos do interior
conquistadores da floresta
que enriqueceram tanto
e perderam tudo

Mãe de extremo amor
de um amor incompreensível
mãe de amor vasto como o inferno e o paraíso
incansável até o fim nas suas vontades
custasse o que fosse preciso

(Já adulto um dia reclamei
que ela nunca me dava um beijo
e ela respondeu: "O que você queria?
meu pai matava meus cachorros a pauladas")

Sem entender e aceitar sentimentos
inaptidão grandiloquente
defendia a vida, qualquer vida
assim amava a liberdade
adorava o Brasil
nos colocava ao lado do Bem
e do grande desejo
de salvar e melhorar o mundo
lutar contra as injustiças

As causas importantes e verdadeiras
para minha mãe eram um cajado a fender a terra
mover montanhas
abrir as águas

Não amava os homens
amava apenas
uns poucos idealistas de esquerda
Paulo Freire
Geraldo Vandré
e Chico Buarque

Amava sobretudo os cães
e entre os cães o Zorro
mesmo sendo o Diabo com pelo e rabo

pastor alemão preto de olho amarelo
que não gostava de gente correndo
pulou o muro e pegou na rua o Lolote
menino que corria para casa
e o avô teve que tirar Zorro do seu bumbum
deixou na mãe uma feia cicatriz
de mordida na perna
mas ela o adorava de perdida paixão
e o adorou como lembrança
pela vida inteira

Gostava de cantar
assim como o avô
de quem se queixou a vida inteira
porque ele e ela não sabiam mudar
gente de amor extremo
na família em que não se via um único abraço
difícil de pensar em um laço
difícil de pensar em amor
em mais completa união
pessoas são paradoxos
e para os que não entendiam
a resposta que todos ouviam
simplesmente é que eram fracos

Minha mãe diria do marido a vida inteira
que era um pensador
admirava os inteligentes
mas não via neles capacidade de ação
era como se quisesse levar todos

se não pela vontade
que não tinha limites
como levava a mim
e meu pai:
pela mão
ou com um empurrão

*

Meu pai cresceu em São Roque
onde todos os cachorros eram vadios
a casa do avô em rua de terra
passagem para os boiadeiros
levando bois bravios
levantando nuvens de pó amarelo

Nadava no longo canal
potencialmente fatal
de uma fábrica que não existe mais
mal havia espaço para a braçada
e terminava na maquinaria
precisava pular fora antes
de virar salsicha

Tinha um único par de sapatos
que o avô consertava quando furavam
com diligência e humildade
do alto da dignidade aristocrática
sustentada mesmo na bancarrota
virtude aprendida em séculos de muitos Brasis
nos altos e baixos nas famílias antigas de Minas
onde se ensinava a manter
o lema familiar:
humildade na riqueza

orgulho na pobreza
desistir jamais

Tudo para nós se pode perder
menos os bens maiores:
o respeito aos outros
a educação
a vontade de trabalho
a dignidade
pois o tempo ensina que o rico um dia sempre cai
mas só que tem educação
e trabalha com dignidade
sabe e sempre pode de novo levantar

*

Meu pai escondia os sapatos pelo caminho
porque na escola era o único a ter sapato
enfiava o par num barranco da estrada
e o apanhava na volta para casa
não queria ser diferente na classe
nem chegar em casa descalço
em respeito ao esforço de meu avô
que lhe ensinara os primeiros passos
e pudera calçá-los

Jogava bola em campo de terra
no grêmio do interior
destro de mão que chutava com a perna canhota
dizia o treinador
bate de bico dentro da pequena área no ângulo
meu pai já adulto se lembrava da instrução
para rir
que bom se tudo na vida fosse assim
resolvido num chute indefensável

No retrato amarelecido
vejo meu pai jovem quando serviu o exército
tão parecido comigo
a ponto de confundir

No batalhão de caçadores
armava e desarmava o rifle
até fazê-lo de olhos fechados
segundo mandava o sargento
e engraxava a botina
a botina
a botina
a graxa
a botina

Virou cabo da infantaria
chefe dos brancaleones
o japonês Mioco
grande e forte
chorava o tempo todo
com saudade da mãe

Plantão noturno na mata da serra
cigarro preso à rede do capacete
espantava mosquitos e aprendia a fumar
fumaria cigarros por muitos anos
e cachimbos fumegantes
Captain Black com aroma de chocolate
devorando livros e ideias
do racionalismo mais sonhador

Quando o avô se mudou para São Paulo
meu pai virou coroinha depois funcionário de
Padre Amaral
tio-padre por ser irmão da avó

esperto vigário da Sagrada Família
missionário argentário que emprestava a juros
o dízimo e toda a receita da caridade
homem mais rico da família aristocrata
único ali que sabia lidar com dinheiro
e depois benzia e dava hóstia na boca
com cara de voto de pobreza
e autoridade papal

Meu pai trabalhou para o tio-padre de gerente
no salão da paróquia convertido em cinema
deixava entrar de graça nas matinês
a menina de cabelos castanhos
olhos verde-amarelos de tigre

Assim minha mãe povoou mocidade e namoro
com Errol Flynn, Marlon Brando e Montgomery Cliff
beijos molhados de mar
de Burt Lancaster e Deborah Kerr
e me faria entender no dia-a-dia
a importância da fantasia
e dos sonhos irrealizáveis

Por sete anos a minha mãe meu pai serviu
como no verso camoniano
mas sem dar sinal de se casar
a moça é boa e humilde
não a faça perder tempo, disse minha avó
e depois de sete anos de namoro meus pais se casaram
lua de mel em fotos antigas
flagrantes eternizados em preto e branco

o Rio de Janeiro ainda sem tanta gente
crime organizado
favelas fenomenais

Emoldurada por morros de floresta selvagem
Posava minha mãe na plena juventude:
pele sem marcas e alma sem máculas
calça colante e lenço no cabelo
em belvederes e mirantes sobre alturas abismais
diante da Yashika com capa de couro
filme enrolado na manivela
fazia até um retorcido cacto
ter um quê de obra de arte

Meu pai e minha mãe na escadaria
das igrejas coloniais
ela no Parque da Água Branca
com um chapéu chinês
leve buço adolescente
corpo esguio no vestido de seda

ela sobre as pedras do Jardim Botânico
a balançar no quintal humilde
da casa de meus avós

ela sob os olhares do amante devoto
amor a quem o idílio
não subtraiu a realidade

*

Meu pai estudou três anos para médico dentista
trabalhava em jornal para se sustentar
escrevia tardes noites madrugadas
minha mãe ficava no caixa do banco
antes de ser
professora

Papai era razão
me ensinou a resolver tudo com a palavra
fez da palavra seu Deus e o meu
dizia que tudo podia ser resolvido numa conversa
e com ela sempre haveria entendimento
compreensão

Meu pai era razão
mas fez tudo por amor
casou-se
escolheu profissão
seguindo o coração

Jornalismo era mal-afamado
como o teatro e a prostituição
não exigia diploma, nem nada
diziam que era boemia

vadiagem
perdição

Foi primeiro um jeito de ganhar dinheiro
e depois os planos mudaram por inteiro
largou a odontologia incompleta
ficou repórter de ofício
fisgado pela profissão
fez fácil o difícil
e da notícia o ganha-pão

Papai foi repórter de polícia
a investigar máfias chinesas
até descobrir que a rotina no submundo
faz a vida ser sombria
foi repórter de política e cidades
escrevendo sobre tudo
Jânio Quadros a cidade o palhaço
que lhe enfiou um dinheiro no bolso da camisa
disse fala bem de mim
e saiu correndo
para sua consternação

Dos tempos de estudante
ficou papai só com um microscópio
acondicionado numa caixa de madeira
duas gavetas laterais acomodavam as lentes
que eu criança trocava e destrocava
conservou ainda um crânio humano
resto de um indigente que virou material de estudo

com partes e dentes
numerados a lápis

A caveira decorava a estante
habitante silenciosa entre os livros
vivia conosco dentro de casa
mas por embaraço a visitantes
ou receio de alguma má interpretação
foi metida num saco de papelão
armazenada na garagem
quando já morávamos na Casa Verde
até que depois de longo purgatório
meu pai por fim sepultou
seu

Iórik

*

Papai era falsa razão
mamãe falso coração
embora muitas vezes tenha sido o contrário
e o que é sabedoria
senão a razão temperada com a emoção

Duas pessoas se completam nas diferenças
mas se empregam essa energia um contra o outro
começam a se destruir
estrondosamente

(Certa vez mamãe brigou feio
saiu de casa sem destino certo
depois descobrimos que tinha tomado um ônibus
para a Vera Cruz de sua infância
cidade pequena que nem no mapa havia
passado apagado esquecido
do qual não havia
nem fotografia)

*

Uma quitinete do tamanho do dinheiro que havia
sala quarto cozinha num só lugar
eu era pequeno mas já podia sentir
o amor maior que é viver só de amor
num lugar tão pequeno
que tem de caber o mundo inteiro
onde por falta de outro recurso
existir é distração

Naquele tempo as coisas se ajeitavam
não havia cartão de crédito
plano de saúde TV *smartphone*
e outras mil contas
ninguém controlava o colesterol
nem pensava no câncer
fumava-se e comia-se churrasco sem pesar
ninguém andava de cinto de segurança
serviam apenas para se enroscar na gente
daquele jeito irritante

Naquele tempo se vivia menos
mas a vida tinha mais valor
e mais liberdade
precursora desavisada
da nossa era das preocupações

onde tudo é difícil e proibido
até
ser feliz

*

Ao saber da chegada do filho
com apenas um mês de casados
foram para uma casa maior
mesmo que num lugar pior
amor é feito de cumplicidades
provado na adversidade
aproxima ou afasta as pessoas
conforme são feitas

Quando avançou a ditadura
quinze dias depois de eu ter nascido
meu pai sentou num banco de rua
na madrugada deserta
sem emprego nem perspectiva
sujeito de um tempo sem lei
de um Brasil que entrava em trevas
e mudou o rumo de uma geração inteira

A polícia virou sua mesa de trabalho
na redação do jornal empastelado
a vida entrou em rodamoinho
fez dele passageiro da história
e entre lutar pelo filho e a pátria
escolheu a família

Teve amigos presos
torturados
mortos
andou através do medo
num país pelo avesso
e me ensinou a força da paz
a firmeza da palavra
do entendimento
da estatura moral

Vivia em longas ausências
mas andava presente
pelo tempo que tínhamos juntos
pela admiração
daquele que eu queria ser
igual

(Para os meninos o tempo é ao contrário
nossos pais e avôs são nosso passado
mas como modelos que são
de conduta
de homens
crianças olhamos para eles
como nosso futuro)

*

Ao voltar do hospital
onde minha mãe se tratava de câncer
passamos em frente ao prédio
da Rua dos Estudantes
moramos ali, disse ela, e eu já sabia
apartamento da frente, terceiro andar
não tive coragem de descer do carro
na calçada de sombras sinistras
barracos de lona preta nas vielas próximas
lixo rolava no asfalto atrás do vira-latas
teríamos sido assim tão pobres
ou mais pobre ficou aquele lugar?
talvez ambas as coisas
principalmente ficou ainda mais pobre
aquele pobre lugar

Rua dos Estudantes
número 64 apartamento 32
bairro da Liberdade
ironia do tempo sem liberdade
na ditadura militar

Lugar de japoneses e libertinos e putas
intelectuais cheios de ideias e ideais
e nenhum dinheiro

Os inferninhos
submundo com seus santos diabos
ferviam música à noite
luzes vermelhas cuspidas
pelas frestas das portas onde nunca entrei

Mesmo de dia pouco se saía
por medo
a vida era dentro do prédio
com seus mistérios e terrores
o fosso central
porta fechada
zona proibida
antro espectral
como se ali vivesse aprisionado
um monstro

Até que um dia entrevi pela fresta
da porta esquecida entreaberta
patos num pátio nauseante
lodo lama excremento
grasnados cortantes de aves desesperadas

(Um dia minha mãe comprou do zelador
e cozinhou um pato daqueles
dava engulhos só de olhar
pato com arroz de cerveja
cor de terra e sabor intragável
ela ficou muito ofendida quando eu parei
depois de algum mastigar:

alguém refugar a comida
onde punha todo o seu amor
era para ela
ofensa mortal)

*

Naquela baixada
onde começava o Glicério
a chuva de verão trazia a enxurrada
cascata ladeira abaixo
revirando na roda dos carros
estacionados no meio fio
poderosas vertentes
lavando borracha e asfalto

A natureza reclamava o antigo espaço
inundava o vale canalizado
regurgitava o esgoto
exalava o hálito visceral da cidade

Águas de março fechando o verão
música que é meu refrão
março do vendaval tropical
das roupas tiradas às pressas do varal
do vento com cheiro de tempestade
março zodiacal
de peixes artistas soldados
março de sonhadores e mercadores de almas
março de quem sabe o que quer sem saber
de quem arrosta o mundo sem se curvar
e como dizia o poeta santo maldito das

emboladas
símbolo de toda aquela época
mês de quem ao saber faz a hora
não espera acontecer

*

Rua dos Estudantes:
pelo lugar de nascimento
ninguém sabe quem será
onde andará no futuro
mas nessa rua há uma beleza profética
ela fui eu sempre dali por diante
identidade primeira e única

Não nasci menino de manjedoura
sob a estrela solitária
não andei pela Galiléia
a curar e alentar os fracos
mas dali saí
querendo mudar o mundo
com gestos e palavras
revolucionário sem revolta
sem guerrilheiros nem generais
só com sonhos e ideais

Pecador
peregrinei até o Mar Morto
azul coroado por brancas praias de sal
mesmo morto
de uma beleza desertada
de triste não tem nada

Andei entre escombros de cidades perdidas
Sik a serpentear até a cidade oculta de Petra
véus de pó amarelo cintilando na luz
dentro de humanamente escavadas cavernas

Subi ao alto das torres róseas da Capadócia
e ao fundo das suas cidades subterrâneas
vi minaretes a brilhar e ecoar o Corão
nas margens do oásis tinto pelo sol poente
do Nilo miraculoso entre palmeiras
vida insinuante no Saara da areia vermelha
pedras negras cozidas pelo sol inclemente
num calor que vem de dentro da gente

No El Rayan andei sobre conchas
deserto que foi fundo do mar
embarafustei nos mercados persas
labirinto de cores cheiros gentes e mistérios orientais

Vi as pedras polidas
de engaste perfeito
na selva andina
onde o tempo tirou as manchas de sangue
dos ritos bárbaros
e da crueldade impiedosa do conquistador

Em Brindisi os pescadores voltavam ao porto
no mar reluzente ao sol cálido da tarde
andei no casario tortuoso de Veneza
roupas estendidas nas ruas estreitas

a gôndola negra de rebites dourados
com o barqueiro que sorriu para mim dizendo
"é o Cadillac dos mares"

O vento zunindo na rocha esculpida da Acrópole
a vida ressuscitada das cinzas em Pompéia
as cidades de mármore
reflexo do céu e mar de turquesa
perólas da história na Ásia Menor
onde aportaram fenícios e gregos
sabendo sem saber
que a Terra como a vida
não tem fim

Cidades de vielas estreitas e granitos medievais
burgos renascentistas
filhos da Inquisição e da guerra
urbes de chumbo czaristas e bolcheviques
metrópoles de alumínio e vidro
da contemporaneidade

A tocha da liberdade está
na mão da estátua de ferro
e as torres gêmeas desabaram em holocausto
a barbárie com poder nuclear pede outra renascença
com as artes e os antigos ideais da civilização

Senti frio e calor
conheci ódio e amor
queimei no fogo e no gelo

dormi no chão mais pobre e na cama
faustosa de um Papa e do mais nobre senhor

Vi os meninos do Brasil
de barriga d'água e pé no chão
sentados no pó à beira do rio
esperando o nada em Propriá
(no Recife a mãe de Cosme e Damião
dois meninos que jogavam bola comigo na praia
ofereceu os filhos
para meus pais levarem embora conosco)

Conheci o estadista cínico e o bandido frio
vi anjos com e sem coração
vi mulheres cobertas pelo véu negro
e nuas sobre os espelhos da luxúria
a arma que mata e a mão que cura
o bem e o mal confundidos
como indivisível coisa só

Vi o Brasil a queimar
vi o tempo crestar esperanças
e vi o Brasil levantar do chão
onde o derrubaram os falsos poderosos
os burocratas e os profetas duvidosos
vi o Brasil dar uma lição
de como se reconstrói uma nação
depois de tempos infernais
democracia e justiça social
estandartes da minha geração

não são meras palavras de ordem
foram ação cotidiana
trabalho árduo para fazer o gigante
ser do tamanho da sua riqueza
e vê-la mais bem repartida

Porém de repente
o rumo se perdeu
qual será mesmo o sentido
dessa jornada no futuro esquecida
de tanto caminhar e divagações
se voltamos sempre ao princípio
como se jamais
tivéssemos saído do lugar
e o que resta na coivara da vida
é a mesma experiência dos fantasmas
que já sabiam tudo

*

Eu sozinho
diante de mim mesmo
esforços dispersos ao vento
indago qual é o propósito
de tantos suores e lutas
projetos de vida
e grandeza

Viver é buscar o outro
nosso começo e ponto final
viagem ao desconhecido
mas buscamos o outro apenas
para entender a nós mesmos
mergulho para dentro do eu
universo
existindo só uma vez

Encontro fantasias medos
sonhos pesadelos
ideias devaneios
amores mágoas
lembranças esperanças
planos expectativas
dentro

lá dentro
onde está
o indizível

*

Nasci feio que dói
bebê gordo mas estropiado
no Hospital Nove de Julho
o médico fechou mal o umbigo
e só depois notaram os curativos
afogados em sangue

Vim ao mundo
com quatro quilos e seiscentos gramas
mas saí do hospital marfinizado pela anemia
mal escapado da morte
(e chamam isso de sorte)

Nasci de queixo amassado
pois o punho comprimia a mandíbula
desde pequeno em casa brincavam
que eu era o Pensador
(ainda hoje, apalpando o rosto
sinto o osso abaulado da mandíbula
côncava como uma baía
detalhe inexistente
na escultura de Rodin)

Os fêmures vieram soltos
longe da bacia

ortopedistas profetizavam
seu filho nunca jogará futebol
terá dificuldade até para andar

Testa e queixo amassados
anêmico anímico fraco
ameaçado de paraplegia
se eu tivesse nascido um macaquinho
peludo com rabo comprido
não teria causado mais estranheza
nem menos preocupação

Não tive leite do peito
e sim o leite artificial que acabara de se inventar
dizendo ser melhor que o da mãe
vantagens completas da modernidade
quando o homem se achava
mais perfeito que a natureza
e ninguém questionava a publicidade

Começava a sociedade de consumo de massa
da sua forma mais agressiva
não havia licença-maternidade
nem fralda descartável
e ainda faziam coisas estúpidas
como embrulhar crianças dentro dos cueiros
feito charutos

Marcada pela dureza
ao ver que lhe nascera aquele menino torto

minha mãe não ouviu anjos soprando flauta
nem viu flores primaveris
encheu a boca de sal e terra
com a decisão dos nascidos para serem fortes

Depois de um mês na cama do hospital
exangue de uma cesariana sangrenta
com uma cicatriz vertical no ventre
marca ou fronteira que separou mulher da moça
não teve muito tempo para palavras suaves
nem gestos de carinho
quando se pôs em pé
no primeiro dia foi trabalhar
e ganhar o dinheiro para consertar aquilo
na realidade de quem não se permite
um segundo de tranquila felicidade

Minha mãe era de decisões práticas
e convicções místicas
de velas acesas a santos
por motivos que eu nem sabia
sortilégios de esperança e curandeirismo
(quando eu tinha 14 anos
me acordava no meio da madrugada
para tomar ovo cru com baba de velha
deixado ao sereno
para curar hepatite
em 40 dias de cama para repouso total)

Para o que não bastava dinheiro
bens que nem se pode comprar

como curar-me a saúde
apelou a chás e unguentos
remédios dos novos e velhos
rezou a São Judas Tadeu
o santo das causas perdidas
e me entregou
à bruxa

*

O amor devia bastar para tudo
sem ser contrariado
muito menos pelo destino

Só com a fé
saúde de quem não a tem
vencemos o invencível
quebramos barreiras intransponíveis

Minha mãe acreditava no poder do amor
acreditava na magia
pediu ao invisível intangível imponderável
que em mim pusesse a mão

Não há aflição ou dor maior
nem nada mais infeliz
tormento ou destino pior
que um filho estar por um triz

É duro ver um anjo de asa quebrada
sem nada ter feito por merecer
a dor que nos coloca à prova
ser inocente que ainda nem conheceu
o doce da vida

Um filho doente é ameaça
não só à nossa continuidade
mas ao que temos de melhor
nosso sonho feito de gente
o único que vale de verdade

A criança nasce para a alegria
inunda de pureza a vida mais áspera
traz o sorriso por onde passa
nos lembra das velhas cantigas
nos faz acreditar na inocência de novo

A um filho damos o que nem temos
nos comprazemos com o maior sacrifício
queremos que seja não como nós
e sim alguém melhor

Lutamos para que seja feliz
não a felicidade dos tolos
mas a felicidade de água pura do rio
para dela também bebermos

Um filho revive a criança
desperta de novo a esperança
nos traz vida acima da vida
ao falar com a nossa voz

Faz a alma voltar a brilhar
compensa as mais negras tristezas

devolve a coragem de navegar
no oceano cotidiano das incertezas

Quem nos dera ter forças superiores
para proteger as melhores flores
quem nos dera parar o tempo
perpetuar a paz da criança

Quem nos dera ter guardiões
anjos da guarda a proteger a infância
e o futuro dos nossos amores
como no tempo em que os vilões
eram só de brincadeira
e apenas de vez em quando
ralávamos o joelho

Quisera eu decidir o futuro
senhor do Bem e do Mal
acreditar na invencibilidade
tendo descoberto quão frágil é a vida humana
cevada no dia-a-dia de imensos trabalhos e amor
e desaparecida num único instante

O homem é o servo da hipocrisia
só busca a fé em desespero
quando perde a felicidade a saúde a segurança
ou a fé em si mesmo
forte até o primeiro impacto
à constatação cabal de que estamos
sujeitos a tudo

e tudo
é só uma questão de tempo

O homem precisa da compaixão
para se libertar do medo
precisa de sofrimento para ser mais solidário
precisa da dor para adquirir coragem
precisa da necessidade para ser bom e generoso

Quando meus pais descobriram que andar
para mim seria impossível
e eu teria de viver para sempre
amparado numa gaiola de ferro
sentença terrível
a vida virou incerteza
virou aflição
virou palidez de morte

Minha mãe se levantou no momento mais duro
e diante do mal apelou ao Supremo
às forças da natureza e do sobrenatural
não olhou as estrelas distantes que explodem no caos
olhou o universo ainda maior
que cabe num coração

*

Minha primeira lembrança
tênue reminiscência da infância
para sempre parte de nós mesmos
não é de minha mãe
nem de qualquer pessoa querida
ou de conforto, proteção, amor, ou carinho
é da bruxa espanhola

A mãe me passou para mãos desconhecidas
e foi embora ao pedido da bruxa
para ter comigo a sós
chorei solitário apavorado em dia escuro de chuva
nublado e envolvido por vultos e sombras

A velha casa da rua Xiró
vizinha de meus avós maternos
o pátio interno das casas coloniais espanholas
herança de átrios romanos
sem afrescos nem chafariz
ou colunas de mármore
apenas o quadrilátero espectral
ao centro um terreiro batido
minha verdadeira terra natal

Regaço estranho
berço de tecido negro

colo com olor de guardado
cinza e mistério

A velha cigana
tão perto que não tinha rosto
espectro dobrado sobre mim
garras de harpia e língua rascante
recitava sua cantilena
voz vinda de túmulos
por túneis para céus e infernos
enquanto os espíritos
irrompiam do chão

Não entendia o que ela dizia
por não saber castelhano
língua que até hoje para mim estranha
arcaica e cigana
ou não estar ainda na idade
de compreender palavra qualquer
sei que invocava tanto anjos como demônios
forças não do Bem ou do Mal
e sim de toda a natureza
porque no mundo primal
não existem éticas separações

Seres abismais
oriundos da profundeza dos séculos
de casas ribeirinhas à sombra
dos castelos senhoriais
com masmorras medievais

paredes de pedra
velas nos nichos
símbolos do zodíaco riscados a carvão
sincretismo bárbaro dos ritos brâmanes
com rezas católicas
cantos sarracenos
sacrifícios de sangue
de virgens obscenas

Bafo funéreo
de carne defumada em piras ardentes
do sangue derramado da gente mourisca
de templos de sacerdotisas desnudas
da enegrecida fuligem nas pedras da rua
hálito baço exalado nas tortuosas vielas
onde nunca bateu o sol

Invocando místicas forças
a bruxa lançou seu sortilégio
ainda a ouço
voz e eco da voz
rolando no pórtico obscuro
sob o telheiro de barro cozido
contra os calores tórridos de fora
refrescada pela sombra
e a brisa de um frio na espinha

No meio da fumaça esfumada
da boca retorta emergiu um anjo sem nome
fez em mim seu feitiço

fechou meu corpo
cobriu-me com seu manto
escudo contra todos os perigos
os que percebi ou não
presença permanente a cada passo
anjo anjo negro no qual até hoje busco
apoio na undécima hora
conforto e segurança e proteção
apesar do medo e da perplexidade de criança
que ainda carrego comigo
banhado de luz na escuridão

*

Tantos anos depois
com cada vez mais frequência
vejo e sinto a presença da bruxa
meia volta, volta e meia, ela ressurge
dá segurança e força
não sei se por validade dos poderes ocultos
ou porque a transformei em velho amuleto
recurso contra incertezas da vida
obstáculos do caminho

Pensei nela
todas as vezes em que corri riscos e perigos
e ainda penso
a reafirmar que sua bênção está em pleno vigor
elo entre o presente e o passado
o adulto e o menino
ligados por uma presença
e creio que no futuro
na minha hora final
a bruxa estará lá
a balbuciar num canto
a vigiar com olhos esquálidos
quem sabe à espera
de me levar para algum lugar
e cobrar pelos seus serviços

*

Tétis depois de banhar Aquiles
em sangue de dragão
minha mãe me tomou nos braços
para jogar-me a algum grandioso destino
herói sem façanha
escudo ou espada
certa de que eu só podia ser
um predestinado

Ela me recebeu da bruxa como a dizer:
filho, agora procura a tua Troia
dei-te a proteção
mas viver não basta
a verdadeira glória é a imortalidade

Durante a vida me quis muitas vidas
de engenheiro zoólogo médico
enquanto eu fugia para os livros
diante de seu ar de reprovação
não por desprezar o humanismo
vocação maior que alguém pode ter
mas por conhecer tanta gente sofrida
por não querer que fosse mais filho de meu pai
que não fosse simples sonhador
que tivesse pés no chão

que fosse firme e sóbrio
e não como meu avô
movido por paixão

Pura contradição
não me queria músico
mas por fazer vontades dela mesma
me fez tocar piano e violão
professora primária
que me ensinou as primeiras letras
não me queria escrevendo
pudesse e teria cortado minha mão
e quando um dia viu
as coisas que consegui vivendo de letras
surpreendeu-se com o próprio engano
o que chegava a ser quase admiração

Não estava ao meu lado
quando lancei meu primeiro romance
tiranizou as mulheres por quem me apaixonei
nada era grande
nada era bom
nada era certo
suficiente
no turbilhão convulsivo e sem nexo
do amor possessivo de minha mãe
e no entanto não havia amor maior
fúria da natureza
como a avalanche e o furacão

amor que protege e amor que sufoca
amor e ódio em confusão

Eu que tanto persegui o amor
nunca tive o amor pacífico
aquele que todos têm por primeiro
sem esforço e por inteiro
para mim amor é sacrifício
como se amar fosse contra a gente
e a felicidade um erro
ou acidente
de repente
paradoxalmente
prenúncio da dor

No amor de minha mãe
não havia remanso
lugar tranquilo
só nadar contra a corrente
porém se o amor de mãe foi empecilho
foi também força motriz
fiz da ausência e da cobrança
de minha mãe uma presença
marcada de nascença
pela necessidade de lutar
para mim foi resistência
necessidade de provar
a capacidade de sobrevivência
de vencer e somente assim

quase vingança
saborear as vitórias

Na vida para mim
cada metro afirma o passo
ganho um pouco mais de espaço
e fico a pensar
dar o coração
não é de graça
nem obrigação
mas o coração se devia conquistar
sem guerra

*

Coisa de bruxa ou não
quando viu pronta a cangalha
habitação de ferro que eu arrastaria
pela vida inteira
em desespero de causa
meu pai saiu procurando qualquer outra solução

Assim na última hora
levando-me de médico em médico
encontrou o doutor Aleto que disse
o diagnóstico está correto
o prognóstico não

Depois de consultar um professor
assegurou-se Aleto de que eu andaria
desde que tomasse cuidados
ensinou minha mãe a dobrar a fralda
com duas voltas por baixo
para aproximar o fêmur das pernas
o tempo faria o restante de todo o trabalho

Alameda Santos com Rua Augusta
dentro do carro ouvi minha mãe dizer afinal
que eu andaria um dia
e de noite antes de dormir

pendurou-me ao pescoço uma correntinha
com a medalha de São Judas Tadeu
santo das causas impossíveis
dizendo "guarda para a vida inteira"

Aos poucos
as pernas começaram a se juntar ao corpo
como por força divina
para meus pais doutor Aleto foi santo
incensado pela vida inteira
sem outro milagre além de fazer
pelo saber
o simples e certo

Eu só não podia andar
para não estragar o tratamento
e assim até dois anos de idade
minha mãe me levava ao colo pendurado
feito indígena brasileira ou chola andina
e me mandava ficar parado
quando me punha no chão

A porta dupla de vidro no corredor do prédio
dava para a escadaria que descia ao pátio
ela me deixava ali sentado
e eu não podia sair
olhos colados no vidro
vendo as crianças lá embaixo
sonhando um dia ser uma delas
a brincar

Ficou desse tempo como lembrança
ou mais que lembrança uma presença
o pé chato e a alma turbulenta
de quem quer fazer tudo e não pode
e não podendo
inventa

*

No meu mundo de então
mundo ao rés do chão
as gentes não eram feitas de complexidades
da carne volátil nem alma sumamente humana
eram gigantes
sombras e barras de calça
passando com cuidado
para não tropeçar em mim

Não tinha nada e tinha tudo
tinha o tempo
como nunca se tem outra vez jamais
tempo de sentir o vento
o aroma dos temperos destilados do fogão
de ouvir os pássaros
ser coração

Tempo sem tempo
para fazer tudo e não fazer nada
sem objeto nem objetivo
sem pressa nem obsessão

Tempo sem hora
de acordar e de dormir
de respirar feliz e beber a vida

como devia ser sempre o homem
e não esse ser que nem olha o céu pela janela
cheio de hora compromisso agendamento
obrigação conta promessa reunião

Tempo de nada absoluto
onde nem havia brincar
sem poder andar
engatinhando no chão
tempo de chorar e chamar a atenção
tempo solitário de um reino amigo
feito de uns poucos móveis
no território de tacos no chão
as cadeiras de palhinha
que dedos de criança
metodicamente desatam
os furinhos proibidos da parede
que os cuidados da mãe taparam com fita adesiva
"aí não, dá choque!"

(Ela sempre dizia
que eu pequeno olhava
levantava o dedinho e eu mesmo repetia sozinho
ao me aproximar da tomada – "Aí, não!")

Lembranças de amor de mãe
guardadas de mim e depois de minha irmã
me fazem acreditar mais no amor
mesmo quando as mães
não dependem mais de nós

como dependemos delas
feitas para nos fazer amar demais
e depois nos deixar
história de toda criança
de todo amor

(Mesmo no seu leito de morte,
quando já não bastava a si mesma
na pobreza da mais precária saúde
impotência máxima da vida
parecia ainda eu a depender dela
e não ela a depender de mim
ou pelo menos assim eu me sentia
ao vê-la partir de olhos perdidos
diante do mundo absurdo
e do filho esquerdo e desarvorado)

Se a vida fosse reta
seríamos anjos a vida inteira
sob a sombra de braços protetores e olhos vigilantes
da certeza de que os pais nos defendem
e protegem do mundo
da segurança de que nada de ruim acontecerá
na inocência da crença na capacidade humana
quando na realidade somos tão fracos
e estamos tão
sozinhos

*

Aos poucos foi embora o Patinho Feio
o maxilar de monstro desapareceu
as bochechas ficaram redondas trigueiras
sumiu a depressão na face
a testa torta submergiu no cabelo louro
quase branco de tão fulgente

Diziam meus pais que um homem parou-os na rua
queria me levar para ser o Bebê Johnson's
sempre uma criança linda nas fotografias de revista
e quando alguém queria dizer que certa pessoa
era algo perfeito, dizia: "é o Bebê Johnson's"
porém meus pais disseram não
por conta menino frágil que podiam quebrar
ou frágeis eles
recém saídos do medo

Nem por deixar de ser feio
deixei de ser esquerdo
por dentro ainda era o menino quasímodo
a esmolar afeto
pequenas atenções

Crescer não tira tristezas
há momentos para sempre

o tempo passa mas não mudam os sentimentos
podemos vivê-los com a intensidade de antes
presença oculta da infância remota
para sempre uma criança interior

Para a emoção o tempo não existe
e quando acumulamos na vida os sofrimentos
sem esquecer
sem dar chance ao perdão
sem vencer nossos medos
acumulamos mazelas
dor
ressentimentos

Nunca fui espontâneo
como outras crianças
receoso de me aproximar delas
como um doente contagioso
mesmo quando enfim me foi permitido andar
e passei para o outro lado do vidro
continuei reticente
receoso das aproximações
meio sozinho para sempre

Para os outros sempre fui o menino atrás do vidro
e para mim o vidro continua lá
entre o que sou e o resto do mundo
a fazer o mundo de resto
e ser o resto do mundo
menino a olhar distante e mudo

pai do rapaz e do homem
tendendo à vergonha
à fuga na introspecção

(Quando meu filho andou sozinho
com oito meses de idade
respirei fundo
por vê-lo nascido sob uma nova estrela
sem conhecer o sofrimento tão cedo
ao vê-lo caminhar tão pequeno
no curto trajeto entre a mesa de centro e o sofá
chorei)

*

Eu que poderia ter sido torto a vida inteira
criança numa armadura de cavaleiro andante
fui apenas um menino meio diferente
que jogava futebol de botinas
com palmilhas para o pé chato
eterno garoto atrás do vidro
menino de apartamento
antimenino

Foi um espanto quando as crianças me receberam
eu que não sabia nada
fazer pique no pega-pega
as regras dos jogos mais simples
admirado com as coisas todas

Cláudio fantasiado de soldado romano
capacete de crina, espada curta e escudo da águia
E sua irmã linda Penélope
Nelson ficou meu melhor amigo
talvez pela timidez nipônica
e por ser assim tímido era tão gentil
                                        comigo

Andávamos como aranhas
pendurados no muro

corríamos no estacionamento
eu enfim a brincar
porém em nada mudado por dentro
e se o pato feinho guardado
escondido dentro do peito
parecia ser cisne
era para iludir e atrair e encantar
superar o interior indigesto

Às vezes o menino de botinas
afastava os outros
fugia
nos momentos de vergonha
por medo do ridículo
sem impor vontades
por receio de desagradar
deixava que ocupassem o meu espaço
ou abusassem da minha boa vontade
carência de quem precisa
tanto quanto duvida do afeto
e pode até ter muito amor
mas para quem o amor
mesmo demais
jamais é o bastante

Seguia incompreendido
obrigado ao redobrado esforço
pelo que aos outros vinha tão fácil
natural
espontâneo

Aqueles que achavam ser tudo fácil para mim
não sabiam o quanto custava uma vitória
nem o sabor de cada uma
para alimentar a necessidade de aceitação
reconhecimento

Couraça para o coração delicado
cultuei desde então a razão
engano de nós mesmos
fé dos intelectuais
maior das ilusões
porque sem emoção
a inteligência é nada
ao contrário: faca afiada
fere quem a empunha

Só se chega à sabedoria com o coração
o amor sem dependência
sem ansiedade nem revanche nem competição
paz de espírito
na amplidão de um céu estrelado
catedral do universo

*

Meu quarto minha mãe um dia quis
cobrir com papel de parede
estampado com flores de lis
perguntou qual cor eu queria
eu já podia falar e disse azul
alto grande importante
e por ter sido assim consultado
feliz

Papéis de parede e cheiro da cola
cuidado feminino ao redor
ninho quente acolhedor
dali em diante já adulto
sempre que não fui ouvido
nas coisas que me dizem respeito
reagi como fera
mas quando consultado
a resposta foi sempre: azul

*

Meu mundo era o das mulheres
por elas cercado dentro de casa
e a elas dediquei todo o amor

No bairro pobre e lúbrico
eu rodeava as pernas fortes
pés nus de cascas grossas e trincadas
unhas cuidadosamente pintadas
em chinelos de dedo

Canelas respingadas de água e sabão
a esfregar o cimento frio
água turva e espumada de rio
pés em curva a pousar no chão
fazendo meu coração pulsar

Andava entre saias e aventais
e as carnes gordurosas e opulentas
de abundância libidinosa
rescindiam a bife gordura fumaça
ao calor e suor do ventre ao fogão
vozes femininas pairavam no ar
sem objetivo nem necessidade
música doméstica cacofônica e estridente
nunca mais entendi vida sem mulheres

alegria sem a qual a casa
nunca faz sentido

De vez em quando
minha mãe me levava com ela à Massako
cabelereira japonesa que lhe fazia as mãos
juntavam amigas numa algaravia
conversa de mulheres de periferia
falando
aquelas vulgaridades que homens não podem ouvir

Eu menino
involuntário confidente
passava de uma para a outra
rodando de mão em mão
apalpado, olhado, como na feira livre
se apalpa e olha e avalia um mamão

Mas que menino lindo
diziam
e que olho verde
eu tinha medo
porque ainda era cedo
para encarar olhos
de quem deseja homem

Muitos daqueles elogios no fim
não eram para mim
e sim para minha mãe
ela me exibia como troféu

com uma amorosidade exagerada
gestos e afagos que só existiam ali
logo pensei do mundo das mulheres
que com os homens tinha algo de cruel falsidade

(Um dia na cozinha de uma vizinha
ela brigou de mão com a mãe de um amigo
com quem me desentendi
briga de onças raivosas
possuídas por mil demônios
tomadas por selvagens hormônios
porém
no fundo gostei
porque minha mãe brigava
por mim)

*

Mulheres
mulheres que eu sempre quis
mulheres quanto não fiz
para ficar com elas
revirei a vida tantas vezes
em busca daquela atenção que não existe
o certo dentro do errado
e é o menino que ainda insiste
dentro do homem cético calejado

Menino apaixonado
em busca do amor maior
eterno grandiloquente
que persegui obstinado

Amor transcendental
furioso e incondicional
incompreendido
sem correspondente
tantas vezes perdido
na força da contracorrente

A menina Cláudia de olhares negros
boca silente
de suposto desprezo

que só depois entendi ser
timidez
onde andará meu primeiro amor
terá se tornado advogada ou dona de casa
mulher má ou anjo caído
bela dos deuses ou matrona mal humorada
terá tido filhos
terá sido feliz
terá amado alguém que valha a pena
ou terá sempre fugido
como fugia de mim?

No quarto ano primário em dia de chuva
entrei na sala de aula molhado como gato vadio
e me tirou da carteira Dona Flora
rosto branco de boneca de louça
com uma pinta elegante no pomo direito
blusa de lã justa e colar de pérolas
cabelos armados como se usava
na elegância de antigamente
e me levou ao banheiro com mão suave
ali dentro me mandou despir a camisa
só nos dois
e me vestiu com seu guarda-pó

Ah aquela manhã atravessei em nuvens
apaixonado como ninguém
inebriado pelo perfume
da mulher que me viu primeiro

dela ainda guardo a visão e o cheiro
tão colado a mim como a memória
cola na gente nossa própria história

Mulheres
mulheres que um dia eu quis
ter como raiz
mulheres de toda sorte
conquistadas por esporte
mulheres que um dia amei
e deixei porque nem sei

Mulheres na escadaria
ao sereno em céu de estrelas
mulheres sobre a relva
no sol cálido da tarde
na areia rascante onde termina o mar
mulheres à luz de velas
desejadas como ninguém
mulheres, como viver com elas
e como viver sem

*

Amor um só amor
feito para ser importante
e no fim breve e distante
para meu espanto
tão impossível quanto
amor do mundo inteiro

A necessidade premente clamante
de um carinho
criar um ninho
fez o amor sempre maior
e sempre frustrante
fosse um adivinho
a ver meu destino
veria em mim a dor
ainda do menino

Recriar com mais perfeição a infância
a família ou um tempo perdido
é uma colcha dos retalhos de todos os erros
de quem faz o futuro remendando o passado
sonho pesadelo
com lindas partes
na construção do edifício
das esperanças

A necessidade suprema de amor pleno
capaz de tudo
amor sem igual
amor atemporal
amor tamanho que chega a doer
de tanto amor
é ao final
a perdição do amor

Amor que dá sentido à vida
sonho de amor ou amor de sonho
bem podia ser um sonho e só:
não seria a existência tão sofrida
não seria o homem essa ilha
onde nos refugiamos
náufragos em nós mesmos

*

A imagem do grande amor
é um quadro na parede
sobre a cabeceira da cama
do quarto de meus pais:
o Cristo em fundo de veludo vermelho
moldura dourada de rico trabalho
olhos de vidro tão verdadeiros
que eu não queria encarar
mãos cruzadas ao peito
cabeça e coração cravados de espinhos
amor sofrido
de tantos caminhos
tantos trabalhos
tantos castigos
amor incompreendido
devolvido retribuído
com a cruel traição
e a crucificação
algo inimaginável para uma criança
tanto que causava espanto
e eu não via nele um amigo
muito menos um Salvador
só me pelava de pena
daquelas chagas

e de medo
daquela barba

Território sagrado divino
foi a cama de meus pais
e depois todas as camas
nave de igreja de algodão puro
onde não se entra sem pedir licença
sem benzimento ou padre-nosso

Mergulhar sob tal proteção
acalmava temores e suores noturnos
dava paz e segurança
amansava o medo da noite
tirava a sombra funérea
da morte temporária
até a ressurreição
da manhã

Eu menino acordava cedo
meus pais ainda dormiam
e me enfiava entre eles
subindo pelo pé da cama no túnel do lençol
meu pai me expulsava, louco da vida
enquanto minha mãe pedia "deixa"

Eu voltava enxotado
não para a cama
e sim para minha única amiga
a caixa mágica

feita para meninos de apartamento
inaugural de toda uma geração
a que se chamou de televisão

Philco: quatro botões brancos no painel
as válvulas zumbiam
esquentavam lentamente
até surgir a fantasia
milagre dentro do cone de vidro

Era tão cedo que não
começara a programação
eu olhava fascinado os chuviscos na tela
até entrar o relógio e o índio
anunciando a alvorada comercial

Dali saía o mundo em branco e preto
Dinguelinguelingue, o Coelho Ricochete
a tartaruga Touchê
Pepe Legal, o cavalo caubói
Matraca Trica e Fofoquinha
Pernalonga e Papa Léguas
os Flintstones e os Jetsons
o gato Mandachuva
malandro que vivia enganando o Guarda Belo
(eu queria como ele um amigo chamado
Batatinha
e morar numa lata de lixo
só para mim)

Zorro com sua máscara negra
o robô de Perdidos no Espaço
abrindo e fechando os braços de sanfona
("Perigo! Perigo!)
National Kid meu primeiro grande herói
(eu me pelava de medo dos Incas Venusianos
e dos encapuzados seres abissais
que sob o manto negro de Ku Klux Klan
eram crocodilos humanoides)

Os domingos eu esperava ansioso
pela Família Trapo do mordomo Gordon
Ronald Golias como Bronco Dinossauro
mas o que eu mais queria mesmo
era ver no intervalo
o menino do desenho que usava Bamba
fazendo coisas incríveis
brecava rolimã na ladeira
dava asas aos pés
com um Bamba a gente
virava herói

Propaganda ainda se chamava "reclame"

*

A TV era antídoto da solidão
cobria o som dos passos
de minha mãe saindo para o trabalho
o vazio do abandono
o pedido pungente e gritante
para não ser deixado com a Zica

Expressão vincada
carapinha enfiada debaixo do lenço
encardida seca ruim
santa na frente de minha mãe
quando ela saía
virava o diabo

Eu ficava no tapete malhado de vaca
enquanto ela fazia o serviço de casa
“se sair daí, moleque, ó!”
brandia o cabo da vassoura
misturava medo à solidão

O tapete virou o meu reino
domínio forçado
ilha malhada de preto e branco
com cheiro de gado
lágrimas e raiva

rei no reino das brincadeiras imaginárias
e do sofrimento silencioso

Ver minha mãe ir embora
com compromissos superiores
deveres maiores que a minha súplica
nada a demover ou comover
mostrou a mim a necessidade
de sempre ouvir o outro
                                        entender
                                        sentir
obsessão pela vida inteira

(E o adulto a se explicar
é a mesma criança atônita
frente à muralha inexpugnável do Outro
diante do abismo de surdez que cinde a planície
entre o mundo e eu)

No insuportável cotidiano
da carranca feroz da Zica
a vigiar ameaçar punir
dobrado sobre os joelhos
punhos cerrados
um dia eu disse
estertorando de raiva
escabujando sobre o tapete
"jamais esquecerei"

O gesto
a frase
a baba a escorrer pela boca
tão perto do tapete que ainda sinto
o cheiro do couro curtido

Nesse dia inventei a minha raiva
e meu senso de justiça

Raiva
minha amiga e companheira
pela sua presença e constância
cão fiel que trago na coleira
do que sou desde a infância

*

Menino de fugas e longos silêncios
meu lugar preferido
era dentro do armário grande
no quarto de meus pais
fundo bem fundo dentro do fundo
o fundo que era só meu

Escondido num canto escuro
oculto atrás do muro
que nos protege dentro da gente
o nada onde não se fala
apenas se sente

Nem triste nem tão contente
sem choro mas não sorridente
apenas eu mesmo comigo
olhando no escuro o umbigo

Bicho enrolado como o caracol
bicho com medo da luz e do sol
bicho grudado na roupa como carrapicho

Bicho bicho de pelúcia
bicho feito de astúcia

sem querer sair
para isto que chamam de mundo

No aconchego da escuridão
minha verdadeira casa, casulo, carapaça
esconderijo do coração
onde ninguém entra e o tempo não passa

Ainda me vejo lá dentro encolhido
e certa vez entrei com meu filho no armário
falamos baixinho, ao pé do ouvido
sós, só nós, como num antigo sacrário

"Aqui ninguém descobre a gente, papai?"
"ninguém", respondi, satisfeito
porque sei que dessa grota meu filho sai
enquanto dela eu nunca saí direito

*

Olhe com meus olhos um instante
não por compaixão, ou pena, ou dó
olhe porque no final a consonante
será você a estar também assim – só

Olhe com meus olhos e verá
o filtro da paixão que tudo modifica
olhe mas não tente andar para trás
o tempo não volta, só explica

*

Desde então levantei
barreiras de imaginação
tabus que nem eu sei
bem o motivo ou razão

Aprendi a temer o amor
a fugir do meu destino
e o amor mesmo o maior
é ainda amor de menino

Perigoso e fascinante
é desejar e não querer
é estar perto mas distante
é se ter e não se ter

Depender do que destrói
sucumbir a uma atração
o amor que prende e dói
liberdade é solidão

*

Eu poderia ter me tornado triste
prisioneiro de mim mesmo
mas viver numa concha fez buscar
a melhor vida que se pode ter

Mais que passatempo e diversão
fiz essência do exercício de sonhar
na infância foi minha forma de ganhar
a liberdade – e no adulto a profissão

Feliz é quem pode com imaginação
sonhar lindos sonhos de amor
com castelos, princesas e um dragão
onde o Bem vence e se cura toda dor

Vi paixão no teu olhar
eternidade num momento
vi verde e cinza e azul o mar
e as montanhas sob o vento

Comi da terra, bebi da mão
atravessei floresta e deserto
andei na chuva de pés no chão
queixo levantado e peito aberto

Fiz do silêncio também o grito
e da fantasia a realidade
com a palavra fiz o mito
e dos ideais minha vontade

Defendi o Bem e o Direito
lutei por justiça sem receio
a pedir não menos que o perfeito
a nada deixar só pelo meio

De amor vivi repleto
a buscar o importante
aquilo que me faz completo
mas que nunca é o bastante

Pude provar a verdade
de que não existe a paz
mas aprendi da realidade
que quem sonha vive mais

II. Menino de apartamento

A vida é o que se experimenta
salto louco sobre o mar bramante
só se arrepende quem não tenta
ou atrofia o coração vibrante

Olhando para trás, eu vejo adiante
reversão do tempo inexplicável
sempre o menino inconstante
inquietude por bem inestimável

O futuro é feito do passado
a criança é quem o determina
mas ele deixa de ser uma sina
se mudamos seu significado

O menino solitário
da fantasia fez a si
belo herói imaginário
e ainda existe bem aqui

Do abandono fiz meu pão
do medo eu fiz coragem
fiz o amor da solidão
do pensamento uma viagem

Da esperança fiz certeza
da minha raiva fiz vontade
da arte a minha natureza
do momento, a eternidade

*

Piso em estrelas
no caminho do céu
luminescente passarela
até o lugar que será meu

Nem mar, nem continente
meu lugar são praias belas
de onde partem caravelas
meu lugar é para a frente

Um lugar por sobre as pontes
outra passagem para gentes
meu lugar é além dos montes
está em corações e mentes

A meu porto vou voltar
ponto de chegada e de partida
depois de tanto viajar
aprender mudar ganhar a vida

*

Meu centro
meu começo
é a melhor hora do dia
em que mamãe aparecia
                                        na sombra cálida da noite

Retornando da corrida de quem trabalha
vinha em tempo de me colocar na cama
substituta do antigo berço onde eu guardava
na gaveta do criado-mudo
a medalha de São Judas Tadeu
que ela mesma me deu

Subia as cobertas e rezava ao meu lado
confortadora presença à meia luz do abajur
ali me ensinou a rezar o Padre-Nosso e a Ave-Maria
depois díziamos "protegei a mim, papai, mamãe
e todas as criancinhas do mundo"
oração que mais tarde ensinei ao meu próprio filho
para que se juntasse a mim

(Uma vida depois
quando minha mãe se encontrava no hospital
perto do fim

lembrou dessa prece e disse debilmente sorrindo:
"e tinha que ter: e todas as criancinhas do mundo")

Esse era seu jeito de nos fazer mais fortes
solidários a lembrar e pensar no próximo
ainda que por vezes não lembrássemos
nem de ajudar a nós mesmos
heroicamente desastrados

*

Se algo permanece do menino até o homem
é o rosto da mãe ao nosso lado
a rezar e pedir proteção
para mim e todos os inocentes
e os de bom coração

Crianças verdadeiras e eternas
merecedoras de viver no jardim dos sorrisos
em vez das brutas guerras
das pequenas e infinitas covardias
da violência acidental ou não

Minha mãe professora
saía a passar o dia
educando outras crianças
enquanto eu padecia
por dividi-la com o mundo
mendicante de amor
pedia para ela ficar
inutilmente
(e assim seria
para sempre)

*

Meu pai andava longe
eu o esperava chegar de viagem
trazendo bolinhas de gude
azuis verdes transparentes amarelas
rolavam rolavam pelo corredor do apartamento
e batiam com estrondo na porta do quarto
enquanto a vizinha de baixo protestava
cutucava o teto com o cabo da vassoura
póc, póc, póc!

(Borinhas de "Bero Horizonte"
papai, me traga um monte
borinhas azuis do Paraguai
peço um monte a papai)

Novidade para o Brasil
do Paraguai também veio
um mini caminhão basculante
amarelo de roda prateada
que eu dirigia por um volante
ligado por um fio
o chão de tacos era a estrada
ele rodava e fazia zzzzzzzz

De Minas papai trouxe ainda
transparentes cristais de quartzo

e esculturas de pedra sabão
destruídas sem dó pela bola de futebol
jogada dentro de casa
até sobrar a figura do contorcionista
(e só)

O apartamento era o estádio dos campeões
o sofá, a montanha por onde saltava o puma
as cadeiras, a floresta de Robin Hood
menino de apartamento
é assim
inventa

*

Quando mudamos
do terceiro andar para o térreo
além de copa e cozinha tinha um quintal
mas eu ainda gostava mais de ficar dentro de casa
jogava bola na sala comprida
entre estantes de livros
arquibancada muda
lotada de pensadores ilustres

Quando meu pai chegava do trabalho
virava o batedor de pênaltis
eu fazia pontes, elástico
deeeefendeuuuuu Leão!
e ganhei a camisa azul do meu ídolo
com o símbolo do time
gravado no centro do peito
meu segundo coração

*

Eu gostava de ficar doente
principalmente em dia de chuva
ficava aquela melancolia boa
a mãe cuidava de mim
eu era feliz assim
mesmo de nariz entupido

Colocava os disquinhos coloridos
na vitrola Batuque
Jasper e os gnomos espertos
o indiozinho Havita e Pedro e o Lobo
o Natal do Tio Patinhas
("até os Metralhas festejam o Natal...")
o Patinho Feio
Cinderela que dava pena
Branca de Neve (e meu medo de bruxa)
Chapeuzinho e Os Três Porquinhos
Bela Adormecida e o príncipe palerma
(eu admirava muito mais o dragão negro
com olhos de fogo)

O mundo nunca é mais o mesmo
depois de descobrirmos o Lobo Mau
saber que existe a maldade muda a vida
desfaz a criança

e só a resgatamos
muito mais tarde (e por breve tempo)
quando os filhos nascem

*

Eu me acostumei a viver fechado
com curiosidade pela rua
mundo proibido onde não se podia ir

A Liberdade era perigosa
à noite se ouvia o barulho dos inferninhos
com suas prostitutas e homens sem lei
quando perguntei ao zelador como perdera
a ponta do dedo indicador
respondeu que era segurança de uma boate
e ao disparar sua arma de fogo a cápsula
catapultada da câmara
lhe levara a falange distal

Andava na rua
com meus pais me levando pela mão
eu saía de blusa vermelha
onde colei no peito o S do Superhomem
me sentia mais musculoso com a grossura da lã
e com a toalha enrolada ao pescoço
voava

Carregava uma maleta com lupa lanterna e alicate
e os manuais do escoteiro e do espião
cortava figuras de fotografias em velhas revistas

e com elas brincava como se fossem bonecos
em cenários imaginados no chão
goleiros do Jornal da Tarde
estirados plasticamente
faziam a defesa em ponte
o guerreiro grego estalava o chicote
na biga puxada por dois garanhões
armadura leve e capacete de crina
pleno de força em movimento
no anúncio de remédio comprimido
da revista do Médico Moderno
onde trabalhava papai

Menino das mil maravilhas
urdidas nas horas intermináveis
com pouco estava feliz
não havia interesses
destinos
maldades
só o jogo
a brincadeira
ilusão
aquele estado
dos puros de coração

*

Durante a semana de trabalho
os pais ausentes
eu encarava a Zica de sempre
mas agora estava maior
e falava

No dia em que decidi desobedecer Zica
e desobedeci
ela levantou a vassoura para me bater
e corri
subi na cama de meus pais
para ficar da altura dela
voltei-me e encarei Zica
de punhos cerrados

"Vem bater", eu disse e esperei
olhando aquela máscara de fúria
com a minha própria fúria
tão de criança quanto de animal

Zica parou de vassoura na mão
assombrada e paralisada
diante do menino a desafiar
ela e o mundo
na hora não disse nada

recuou assustada
ou pensou em outro mal

*

À noite minha mãe soube de tudo
por fim despediu Zica
e se aprendi assim a não ter medo
a enfrentar o mais forte
encarar de frente a ameaça
é por saber que o medo passa
e somos quem sai do medo

Ficou em mim dessa experiência
algo que parece insolência
mas é afirmação de liberdade
vontade de justiça e indignação
contra a violência o abuso o desrespeito
e também a insensibilidade
de quem não ouve o apelo pelo sofrimento
ou não presta atenção ao sentimento

Desde então se falo ao vento
é desconsideração
quem diz amar mas não ouve
                                        releva
                              ignora
esquece
quem deveria ser mais importante

comete a traição fundamental
que eu nunca soube completamente
perdoar

*

Eu que tanto pedia
quando já era maior
para ficar longe de Zica
origem que a mim explica
ser afinal como eu sou
só não sabia que sem ela
ficaria tão ruim ou pior

Sem ter com quem me deixar
meus pais me puseram na creche
para onde minha mãe me levou pela mão
mas se perguntassem se eu queria
diria
não

Algumas quadras perto de casa ficavam as freiras
igreja e mosteiro de tijolos vermelhos
escuro e sombrio por dentro
com um grande pátio em frente
deserto de cimento
dali em diante
meu novo tormento

Eu passava os dias
com mulheres duras e frias

Inquisição para crianças
a feira-prefeita carranca do diabo
surgia a vigiar se comíamos
se estávamos de unhas limpas
mãos postas em cima da mesa
e nos pelávamos de medo
de haver algo errado

A comida vinha pronta no bandejão
tinha sempre cenoura
eu odiava cenoura
(e ainda hoje como cenoura
por obrigação)

Almoçava sempre sozinho
com medo de tudo e de todos
principalmente de Fernandão
menino maior que todos os outros
batia em todo mundo
mesmo sem motivo
ou provocação

Na creche não havia onde se esconder
e na hora do pátio eu procurava uma freira boazinha
que todo dia sentava num banco
perto da grade da rua
ao lado do portão
corria até ela e pousava a cabeça em seu colo
ali chorava todo dia

todo dia
todo dia

Ela nada falava
apenas passava
a mão em minha cabeça
até a hora do sinal
mulher santa cujo nome eu nunca soube
penso às vezes quanto viveu e onde estará
(decerto num bom lugar
reservado para mães que nunca foram mães)

Um dia em que meu pai demorou a chegar
chorei tudo o que nunca mais soube chorar
e na boca ainda hoje sinto salgado
o gosto das lágrimas do abandonado

No convento gelado
fiz um amigo só
Orlando: alto e franzino
bom coração
alguém para conversar
até que como sempre
sem motivo ou razão
Fernandão o surrou

Surrou como antes a ninguém
na frente de todos
e não tive presença de espírito
ou coragem para ajudar

lembro de ver Orlando apanhar
bem na minha frente
e fiquei paralisado impotente
em uma roda de gente

Orlando foi levado embora
machucado eu nunca soube o quanto
nunca mais voltou
Fernandão foi suspenso mas logo retornou
igual ou pior
fiquei com o peso da omissão
por falta de reação
com raiva e vontade de vingança
ainda sinto ambas no peito
querendo voltar atrás
recobrar o instante em que tinha de fazer algo
(e não fiz)
custasse o que fosse custar
nunca mais quis
baixar a cabeça
na hora exata
falhar

É melhor dar a vida
porque pior do que a morte
é carregar cruz assim
aquele peso levei até o dia
em que para meu alívio e a alegria
meu tempo na creche chegou ao fim
depois virou meu senso de justiça

ainda melhor e mais certa e castiça
ao defender o fraco contra o mais forte
e passou a fazer parte de mim

*

Conta meu pai que certo dia
surgiu na creche uma mulher
dizendo que devia me buscar
e sorria

Por sorte barrou-a uma freira desconfiada
e papai não duvidou de nada
nem que tenha sido Zica
em busca de vingar-se
prova da maldade
mais pura e fria
sabe-se lá como descontaria

em uma criança

*

Relembro e repasso sentimentos
e me pergunto onde andaria a velha Zica
terá morrido em amarguras e sofrimentos
por cometimentos que ninguém explica

Estaria viva ou no inferno
e o que faria eu
se a encontrasse de repente:
diria bom dia
bom dia somente
pedisse socorro
eu lhe daria a mão?
pedisse dinheiro
eu lhe daria esmola
um cobertor no inverno?
esqueceria a raiva da qual fiz escola?
ao seu fantasma eu daria o perdão?

Não.

*

A gente às vezes nem sabe
de onde vêm as atitudes
que não obedecem ao juízo
provém do campo impreciso
dos sentimentos fundamentais

Levei muito tempo para entender
de onde vinha a minha raiva
contra o tudo o que é compulsório
regra e regulamento
imposições da rotina
e sobretudo o mandamento
de quem quer nos forçar a fazer
algo sem pedir primeiro
em nome do amor

Empurra o que não escolhemos
usa e abusa de nós
e ainda faz moucos ouvidos
menospreza
desconsidera
o que dizemos
                pedimos
                precisamos

sentimos
fazemos

Ao longo da vida
todos aqueles que quiseram me impingir
pequenas ou grandes vontades
sem respeitar sentimentos
meus ou alheios
encontraram o menino rebelde
que decidiu nunca mais obedecer
declarando ao estupefato mundo
que ninguém jamais o deixaria de novo
sentado no tapete malhado de vaca
porque quem um dia enfrentou a Zica
e depois a creche das freiras
aprende a nunca mais ter medo

de nada

*

Eu passava trancado em casa de segunda a sexta
mas o fim de semana era a rua
instituição perdida das grandes metrópoles

No bairro da Casa Verde
onde moravam meus avós maternos
a casa térrea tinha um corredor lateral
que dava nos fundos ao quintal

Ao lado do tanque de lavar roupa
havia um tambor de reserva
sempre cheio de água fresca
porque água naquele tempo às vezes faltava
ali eu subia para alcançar o muro
até os galhos do pé de romã da vizinha
fruta quebrada com a mão
grãos vermelhos de paixão
a boca sumarenta e a diversão
de cuspir os caroços nos passarinhos

A cozinha de chão frio
pia pequena com uma cortina
onde Vó Dileta escondia o guaraná
contra as proibições de meu pai

A avó servia filé à milanesa
feito especialmente para mim
tinha a bondade dos santos
o jeito dos santos
com vestido de flor
uma tiara nos cabelos prateados
pesada e lenta do diabetes
porém de coração suave e alma terna
anjo eterno
como são todos os que a vida leva cedo

Aos fundos dormia o tio Arnaldo
homem de poucas palavras
cabelos rapados e mente inquieta
habitava um quarto de janelas sempre cerradas
com pilhas de telefones vendidos como negócio
ao fundo a estante com livros empoeirados
edulcorando o nazismo e a guerra

O meio da casa era a pequena sala
e o corredor até
o quarto de meus avós
onde nunca entramos exceto um dia
em que primo Rogério no alto do armário
achou um velho revólver

O quarto de minha tia Malfisa
tinha uma escada com porta para a rua
e lajotas vermelhas no chão
ali eu deitava nas tardes quentes de verão
para refrescar as costas nuas e esperar passar a chuva
grossas bátegas caindo no asfalto
exalando no calçamento e na rua de terra
uma nuvem rasteira de condensação
assim que voltava o sol
e o arco íris riscava o céu
dizíamos sempre
sol e chuva
casamento de viúva
chuva e sol
casamento de espanhol

*

O tempo não chegava nem ia embora
enquanto nuvens passavam ligeiras ao vento
e a cada ano as brincadeiras
ficavam de criança maior

A gente não tinha hora
o relógio era a avó que vinha ao portão
gritar ao longe a chamada do lanche
importante porque fazia crescer as crianças
com um copo de leite com chocolate
mortadela e pão

Meus primeiros grandes amigos foram os da rua
Jandir o mais forte o mais rápido
o mais sempre em tudo
morava com as irmãs numa casa de tábua
com galinhas e um pomar no quintal
comíamos pitanga enganchados nos galhos
brincávamos de mula sem cabeça
esconde-esconde pegador
e rodar pião

Edgar morava em frente à minha avó
tinha orelhas de abano
apelidado de Dumbo

como o elefante do desenho animado
e jeito de quem é criança para sempre

A gente brincava dentro da casa do cachorro
que sumiu um dia depois de me morder na boca
deixou sangrando o lábio inferior
diziam que era vingança de algum espírito
porque Edgar era filho do Lolote
mordido quando moço
pelo Zorro de minha mãe

O cão me mordeu e sumiu
para mim foi um susto e o pior
dez injeções na barriga
porque cão desaparece quando tem
a doença da raiva
é diferente de gente:
vai embora para se isolar
e não atacar
a quem tem amor

Vacina antirrábica aplicada na barriga
(onde mais dói)
para me dar coragem meu pai me levou a uma loja
comprou para mim um traje de astronauta
(astronauta naquele tempo era herói)

*

Na Casa Verde havia uns tantos perigos
que perto de hoje até fazem rir
na casa ao lado de minha avó havia um amigo
com um cãozinho endiabrado
peludo e ruivo chamado Brasinha
não perdoava nenhuma canela
na casa dele se entrava correndo
e se saía do mesmo jeito
voando

O Homem do Saco
diziam pegar as crianças na rua
sumir com elas e depois
quem sabe

Pior ainda era o espanhol
filho da bruxa que me benzeu
diziam que proibia brincar em sua calçada
e prometia cantar o chicote em que pisasse ali
aquele pedaço era evitado
mas pulávamos rápido só para provocar
"areia movediça!" – a gente gritava
gritava pisava e corria a valer

Uma casa adiante do espanhol ficavam os primos
Regina a mais velha de todos

Rogério seis anos mais do que eu
ele que me fazia gostar de ser moleque
e me levava aos lugares de menino grande
tinha pouco juízo
mas conhecia tudo e todos
e sem cuidar dele mesmo
cuidava de mim

Todo sábado
ele me punha para jogar futebol
como eu era pequeno virava sempre goleiro
tomava bolada com peso de chumbo
chutada por gente grande
defender queimava a mão

Na bicicleta sem freio
brecando com o pé
andava pelo bairro às vezes sozinho
parava no bar com o pedal travado no meio fio
do jeito que caubói amarra o cavalo
levava no bolso sempre uma moeda de um cruzeiro
naquele tempo era certinho o dinheiro
para um refrigerante
ou o picolé

Fazia guerra na rua
atirando mamona colhida no morro do Matão
todos batiam no Sérgio Cabeça de Ovo
até que ele cresceu grande e forte
mostrava o muque usando camisa preta sem manga

como as gangues de Grease
e nunca mais apanhou
mas o apelido ficou
Ovo

Com Rogério vi um dia
uma briga no meio da Rua Iataí
um garoto contra outro
um deles de canivete na mão
ao redor trinta outros gritavam
arena no frêmito da emoção

O garoto de mãos limpas desarmou o outro
jogou longe o canivete
surrou o oponente e o mandou embora
humilhado
quando contei a história a meu pai
ele disse que não queria me ver com aquela turma
nem o menino que para mim era justo o herói
para ele qualquer um que se mete em encrenca
é amizade que nada constrói
qualquer violência é inaceitável

Vivíamos correndo perigo
de um jeito que não deixam mais
descíamos de bicicleta ou rolimã o Morro do S
asfalto rápido e cheio de carros
ou no Matão ladeira de terra
boa de quebrar braço perna cabeça
arrancar o couro na queda
mas o vento no cabelo

a emoção pura
ah nada dava medo na gente

No Matão jogávamos bola no Vermelhão
campo de terra onde a torcida sem fazer nada
cavou o barranco até surgir um par de cavernas
tão grandes que se entrava em pé
quando os adultos as descobriram foram fechadas
antes de desmoronar na cabeça de alguém

(Hoje o Matão não tem mato
nem esse nome
é uma ladeira cheia de casas de classe média
com garagem e churrasqueira
e gente que não sabe de nada)

Com Rogério e um time inteiro
subíamos no telhado
do colégio Nossa Senhora das Dores
descíamos do outro lado na quadra de futebol
um dia ao descer pela calha para a rua
as freiras nos viram
correram atrás de nós
pernas batendo por dentro das saias
fugi para a casa de minha avó
bati o portão pálido e ofegante
por um instante
com medo de que alguma freira aparecesse ali
e esperei cada segundo
                                        tremendo

*

Primo Rogério:
um dia sentados na calçada
estiquei a perna e o primo Adriano
tropeçou e caiu
Rogério riu e em voz alta falou: "muito bem!"
sem perceber que tia Cláudia estava ao lado
vi só Rogério correndo e virando a esquina
tia Claudia atrás dele
vassoura na mão
(e nós dois mesmo adultos
nos pelamos de medo dela
                    ainda)

Colecionamos jogadores
em miniaturas de plástico
trocados por tampinhas de refrigerante
batíamos bafo com figurinhas de futebol
naquele tempo não havia time ruim
os craques nunca foram tão craques
nem a gente feliz assim

Um dia ganhei um Kichute
tênis de borracha grosseira
imitação de uma chuteira profissional
todo garoto queria ter um

mas boleiro mesmo tinha pé cascudo
jogava descalço

Eram todos reis da rua
moleques malandros
jogando bola e gritando para mim bravos:
"passa a bola, alemão!"

Na calçada à espreita
esperando passarem os carros
atirávamos com a bisnaga d'água
em dias de carnaval
naquele tempo nenhum carro
tinha ar condicionado
mas era melhor andar de janela fechada
por precaução

*

Visitávamos tio-padre na casa paroquial
da igreja de Nossa Senhora das Dores
na Casa Verde Alta
a bisavó Don'Ana com cem anos
já sem a memória curta
sentada ao lado da porta na cadeira de espaldar
cada vez que eu entrava perguntava
"Menino bonito, quem é você?"
eu dizia divertido Thales
filho do Alípio da Eugênia
e ficava entrando e saindo de casa
de novo e de novo
só para ouvir
menino bonito, quem é você
menino bonito quem é você

Don'Ana tinha cuidado de meu pai
quando minha avó se internou
em Atibaia de tísica
fazia goiabada uma vez por ano
guardava o tacho trancado na despensa
e pendurava a chave ao pescoço
distribuía pedacinhos de sobremesa
judiciosamente um pouco a cada dia
aos muitos filhos e outros tantos agregados

papai já adulto comprava latas de goiaba
e comia quase tudo sozinho
saciava a vontade de menino

A bisavó vivia no passado remoto
lembrava só dos velhos tempos
na fazenda aristocrática dos meus tataravós
reclamava dos escravos
e contava de lindos passeios a cavalo
como quem tinha acabado de descer da sela

Eu detestava chegar em casa de tio padre
batina preta, cabelo militar e nariz de faca
porque ele cumprimentava as crianças
segurando a gente pelo gasnete
balançava a glote doído até sufocar

Usava de sacristão o Siqueira
homem soturno e silente que fazia o serviço da igreja
e papai tratava como um parente
contavam ter sido recolhido bebê do cafezal
onde a mãe grávida
quando trabalhava morreu ao sol
só foi achada dois dias depois
salvou o filho sem saber
amamentando o bebê mesmo morta

Don'Ana e Padre Amaral adotaram Siqueira
em São Paulo cresceu casou teve filhos
abriu uma loja de roupas

mas sempre foi o mesmo sujeito
na igreja a limpar e trabalhar diligentemente
silente soturno quase ausente
(mais tarde
depois que don'Ana e o tio-padre morreram
passei na frente da igreja e vi Siqueira
diante da mesma casa
sentado numa espreguiçadeira
na calçada da sua vida inteira
enluarado na tristeza existencial
e me perguntei o quanto havia
de determinismo na forma como se nascia
como a estrela do Natal)

No meu tempo de menino
o antigo cinema do tio-padre
onde se conheceram meus pais
tinha sido convertido em salão de festas
para render mais dinheiro à paróquia
ali eram as festas de família
mas eu gostava mais de sair e brincar na rua
entrava no terreno proibido da Light
onde ficavam as torres de alta tensão

Tinha mais medo da igreja
onde um Cristo cheio de chagas
imagem de tamanho natural
repousava dentro de um caixão de vidro
sobre a cama de veludo negro
tão real que dava calafrio

Descansando o ano inteiro
na Páscoa saía em procissão
a cada ano tinha outra morte
e uma nova ressurreição

*

A cada fim de semana eu trocava de avós
visitava também o avô paterno
a quem devo o nome Guaracy
e algo mais que só depois entendi
tão sóbrio e discreto que nem sua casa era dele
dizíamos ir na casa de vovó Dindinha
porque desde pequeno
eu só falava "madrinha" assim

O avô tinha nariz aquilino
equilibrando os óculos com dignidade
usava camisa social sem gravata
fechada no colarinho até o último botão
com rigor circunspecto e calma monasterial

Sua principal atividade era comprar o pão
aos domingos ia na missa da dez
e me levava com a promessa de no caminho de volta
comprar um gibi
eu lia Mickey e o Homem Aranha
metido debaixo da cama
enquanto ele mergulhava no jornal de domingo
depois me punha no colo
para ouvir música clássica
no toca-discos com botões de marfim

eu adorava a Marcha Turca
e Fernão Capelo Gaivota
e ao me balançar nos joelhos o avô ria
com cara de quem via
nascer outra vez o mundo

A casa do avô era espartana como ele
na estante da sala repousava
uma gôndola de metal
de uma viagem a Veneza que ele nunca fez
na parede vivia pendurado seu retrato
pintado a óleo por tia Marli
mulher bela angulosa com olhos de águia
artista de alma frágil e instável
uma faísca no olhar

A cozinha meu avô reformou
para ficar maior e abrigar a família inteira
nos fundos a porta dupla com mosquiteiro
rangia diferente ao entrar e sair

O quintal comprido e estreito
terminava num barranco cheio de mato
na edícula se amontoavam tralhas
cadeiras mesas caixas
cortadas por réstias de luz
com pó luminescente

Antes da festa junina ele fazia balões
de todos os tamanhos e cores

eu ajudava cortando o papel de seda
amarrando a mecha no arame
artes trazidas do tempo hoje esquecido proibido
de meu avô menino

Soltávamos os balões nas noites de inverno
limpas e estreladas
até fazer uma fieira de pontos vermelhos no céu
e meu avô voava outra vez
ao menos em pensamento
ele que andava aterrado
como ferroviário aposentado
o dinheiro todo dado a minha avó
transformado pela vida
em cidadão pacato

Logo ele
rei do desacato
deserdado herdeiro
no exército alistado
soldado que correu o Brasil a pé
e voltou numa história de amor
de minha avó salvador
vendendo tudo para curar a tísica
comprando injeções de ouro
deixou para trás riqueza e algo mais
matou o andarilho rebelde que vivia dentro de si
por isso nunca falava do passado
trancando os demônios da alma
ocultados de todos
e até de si mesmo

O que é ser homem
senão ter dignidade

Filho caído
do berço dourado
à orfandade

soldado
                    marchando
por campos de flores e espinhos
                    matas e campinas e o sertão

pai proletário
por fim destinado
à vida do homem-salário

Porém ali dormente
de vez em quando irrompia
uma centelha de fúria como no dia
em que cansado de ouvir minha avó
reclamar do velho fogão
e sem dinheiro para comprar outro novo
arrancou-o do chão
e o jogou no quintal
disse "está resolvido"
e voltou a ler o jornal

*

O homem sentado na velha cadeira
controlou sua força interior
o mesmo amor que faz lutar
e leva longe o rebelde
é o amor que nos faz voltar
sossegar
e em casa ficar

Para domar o demônio interno
é preciso uma energia sobrenatural
e não só por ser o neto mais velho
o único que carregou seu nome e o sobrenome
ao avô eu me fiz igual

Tinha com ele essa identidade:
nunca estive disposto a pagar com o tempo
nunca me conformei
nunca temi as mudanças
nunca deixei de arriscar
viajante inconformado
inquieto sem nunca ter paz

Meu avô me deu
o impulso do guerreiro errante
e a vontade de um dia parar

viajante da mente
agarrado aos livros
leitor de tudo o que lhe caía na mão
enciclopédias inteiras
e me deu uma de presente: *Conhecer*
colecionada fascículo a fascículo
que ele me mostrava com um riso maroto
até o dia de a completar

Quando veio o presente
no dia do meu aniversário
descortinei o universo
descrito como um romance
de capa vermelha e letra dourada
e a dedicatória do avô
com o requinte da letra inclinada

Para mim foi a ignição do interesse
encadernação da imaginação sideral
Curiosidade-vontade de saber sobre tudo
ainda que o homem nem tivesse ainda
chegado à Lua
e houvesse tanto mais
por acontecer

Universo mais que humano
dos Habsburgos à vida animal
da bomba atômica ao arco romano
invenções para o bem e o mal

(e havia a ilustração dos católicos crucificados
que como território maldito ou mal-assombrado
eu preferia pular)

Colecionei depois *Os Animais*
enciclopédia ilustrada que me deu
outro gosto nas artes
a vontade de desenhar
copiando os bichos no papel de seda

Andarilho das letras e das imagens
por tudo andei sem me especializar
menino de enciclopédia
que os óculos aos oito anos
ajudaram no grande esforço
de bem enxergar

*

Vó Dindinha era tão comedida
aristocrática e silente quanto o avô
porém sabia ser carinhosa
fazendo pastéis e manjares
onde punha o amor cuidadoso

Mandava na casa e nos filhos
mesmo já adultos casados
e criava atrito com as noras
mãe que a tudo controlava

Domingo reunia a família
os filhos já pais faziam a sesta depois do almoço
ou jogavam partidas de três-sete na cozinha
enquanto nós os primos ainda crianças
ficávamos a brincar

Por trás daquela paz de antigamente
estava vovô Guaracy
com ele ninguém brigava
palavra sensata e sempre final
intervinha pouco
só quando muito necessário

e era de quem mais gostavam
mesmo sem muito falar

Dizia minha tia Maria Eugênia
que iam em sua casa funcionários antigos
dos seus tempos de ferroviário
falavam dele que era o homem mais justo
e pelo semblante antes de tudo
já se via como ele tinha sido

e ainda era

*

No Natal chovia sempre
a chuva trazia o perfume das alamandas
floridas no jardim da frente
o avô preparava o ponche
um prazer de seus natais de infância
ainda que ninguém bebesse aquilo
nem mesmo ele

De minha avó era o peru recheado de farofa doce
o manjar branco de coco com calda de ameixa
fios dourados de ovos e outras açucaradas riquezas

A família grande na ceia
primeiro era respeitoso silêncio
minha avó dava papeizinhos numerados
com trechos de oração
cada neto lia seguindo a ordem
depois se atiravam todos à mesa farta
talheres e copos tinindo
algaravia de tempos felizes
e amores na plenitude

Meu avô entrementes
olhava tudo silente

na cabeceira da mesa
com um sorriso de esfinge

Comprazia-se ele com a família
porém talvez pensasse no passado
a família perdida de seu pai e irmãos
lembrada nessa mesma hora
alegria e tristeza em sentimento simultâneo
o ganho e o perdido
por ele reconquistado
para nos dar o Natal
que ele mesmo igual
outra vez não teria

*

O Natal é a criança dentro de mim
a lembrança da noite de festa
sempre querendo desmascarar o Papai Noel
um dia achei presentes num armário antigo
e alguém me arrancou súbito dali
comigo dizendo
meninos eu vi

Porém o que vinha depois
sempre me fazia duvidar de mim mesmo
tão menino-razão
uma distração e por encanto os presentes surgiam
mesmo não crendo em mágica
eu acabava acreditando
no milagre da felicidade mais pura

*

Guardei para mim de presente
a família no coração
e para essa gente
o tempo e a dedicação

O amor está nos pequenos gestos
nos cuidados sem pretensão
eu já sabia disso quando pequeno
e esperava com o pai toda noite
minha mãe terminar as aulas na FMU

Dentro do carro estacionado na rua
atrás dos caminhões-guincho enfileirados
gastávamos o tempo com brincadeiras de salão
adivinhávamos os carros que viravam a esquina
olhando apenas os faróis pelo retrovisor
Kombi Fusca Brasília Corcel
Fusca Fusca Kombi DKW Karmann-Ghia
quem acertava
ganhava um ponto

Ninguém reclamava das horas intermináveis
porque era o tempo da aurora do amor
cujo sacrifício não é sacrifício:

pai e filho à espera de alguém
o nosso bem

Companheiros já éramos
mais companheiros ficamos
de um jeito que ganharia outra alegria
quando nasceu minha irmã Lara
família completa que eu adulto
nunca consegui reproduzir
(mas ela, sim)

*

Com minha mãe aprendi
que pensar é também sentir
quando ela fazia seu trabalho
de formatura em assistência social
me levou ao Lixão
vila de gente que morava sobre o monturo
onde o miasma das profundezas
era encanado para acender o fogão

Entendi o que a levava tão longe
o esforço em ajudar aquela gente
e se ficava distante de mim
era pela missão escolhida
e apesar dos sacrifícios
sua bondade nunca pareceu tão grande
nem tão verdadeira

Esse bem me fez grande bem
meu sacrifício era minha contribuição
foi meu ideal do Brasil
ideal que não posso esquecer
a lembrar que um país só melhora
quando se pode estudar e aprender

*

Aos quatro anos eu pedia
para começar a ir à escola
que menino inteligente, diziam
e também diziam que eu não podia
porque escola só aos cinco

Na verdade o que eu queria
era deixar longe a creche e a Zica
e encontraram na Casa Verde enfim
um jardim escola que quis me aceitar
era algo irregular
mas resolvia para mim
fiz mais cedo o primeiro ano
foi meu jeito de escapar

Tempo que não esqueço
mais que um momento
foi o fim de um tormento
e foi um outro começo

Com palavras a escrever
com palavras a pensar
mudou minha vida e o pensamento
desde então fui menos sentimento
mais razão e entendimento

mas por dentro o coração
mesmo com essa proteção
nunca mais soube mudar

*

Na escola eu passava o tempo
mas quem me ensinou a escrever
foi minha mãe

Missionária das primeiras letras
me levou pela cartilha
Caminho Suave
e enfim entendi
o que fazia e porque ia
embora todo dia
a cuidar de outras crianças

Minha mãe tantas vezes distante
mãe que só depois conheci
na missão de mudar nossa gente
olhando para o futuro à frente
como eu a começar a vida ali

Nunca deixou de ser professora
mesmo depois de se aposentar
vocação não é vontade
é compulsão obsessão
parte da personalidade
necessidade

Ensinava a ler e escrever
como a sua missão
a qualquer hora e lugar
para ela ensinar
era o único jeito de melhorar
o indivíduo e o mundo
ensinar era mudar

(Um dia a visitá-la
em casa já aposentada
e quando se tratava de câncer
vi sem entender a velha cartilha sobre a mesa
o mesmo *Caminho Suave* da minha infância
depois na saída da portaria
parou-me o porteiro
homem dos seus quarenta anos
a perguntar
você é filho da Marlene
sim, respondi
agora tomo o ônibus e sei aonde vou
disse ele de olhos marejados
sua mãe mudou minha vida)

*

Com minha mãe percebi que ninguém
é seu último retrato
a imagem da pessoa como a vimos da última vez
quando minha mãe faleceu
e abri a caixa de fotografias
vi Marlene multiplicada por cem
todas e cada uma eram ela
a morena suburbana
a loura platinada
a senhora de cabeça nua da quimioterapia
a mulher que eu vislumbrava à noite
ao me colocar para dormir
rezando comigo
eterna aparição

A última imagem de minha mãe é como a primeira
qualquer instante a representa pela vida inteira
coisas que só a inexplicável morte explica:
assim quem parte sempre fica
vivo e jovem

A mãe que agora ocupa minha memória
não é a que pretendia impor
o que eu devia ser e querer
é a mãe que me ensinou e deu regaço

que brigou por mim e fez do coração o meu espaço
do sonho a razão e a sensatez

Ficou a mulher que de mim gostava
a ponto de não mais poder
amor tão grande que transbordava
amor esmagador que me fez sofrer

Mãe de sangue fero italiano
gente com sede de viver
gente que com fúria lutava
e a quem não bastava
apenas vencer

Sempre insatisfeita
como se não houvesse felicidade
na esquerda desejava a direita
nunca se lhe satisfazia a vontade

Não perdoava a ninguém e a nada
como se para perdoar tivesse de mudar
queria ser ela mesma, mesmo errada
assim nenhum erro era pecar

Certa vez, ao vê-la a rezar
o Padre Nosso escondido
flagrou-a o frei a pular
a frase "perdoamos a quem nos tem ofendido"
e não deixou de estranhar

“Porque você pula esse pedaço?”
perguntou ele e a mãe respondeu:
“simplesmente não posso!”
com cara de meninota que se escondeu

Não era defeito nem maldade
era a intensidade
de quem vivia tudo com paixão
para quem é fiel ao que pensa
e segue reto a própria crença
põe a alma e o amor em tudo o que faz
nunca há trégua e muito menos paz
e para o erro, ou pior, a traição
não há desculpa
nem perdão

*

Há mais de minha mãe em mim
do que eu gostaria de admitir
a começar por não reconhecer
os sentimentos que me movem

Conforta pensar que os defeitos
são também nossas virtudes
a teimosia é perseverança
a voluntariedade é o dinamismo
a inflexibilidade é integridade
o orgulho, dignidade

De minha mãe veio também
certa tristeza, porém
o ceticismo invencível
é o jeito duro de quem
está sempre disposto a lutar
contra o mundo se precisar
e desdenha a harmonia
dos jardins japoneses

Para gente como a gente
da dureza estoica vem a força
o guerreiro só faz sentido
no campo de batalha sem trégua

Ganhei de mamãe a sede de justiça
e a tendência para julgamentos
por vezes precipitados

Acima de tudo ganhei o coração imenso
e a inabilidade sentimental
de quem se guia pela emoção
como um cego

Isto vem do menino antigo
que carrego aqui comigo
na tarde trago o amanhecer
e é só o menino que insiste
dentro do homem que desiste
de querer e sempre querer
mesmo o que nunca houve nem existe
e jamais vai acontecer

*

Ao mais sensível ser
basta da areia o grão
para machucar o coração
mas é para se proteger
que ele ao redor faz nascer
a pérola

O medo do que sentimos
cria o escudo da razão
mesmo quando somos coração

Enganamos a nós mesmos
até o dia em que sem entender os erros
temos de encarar e aceitar e expor
a emoção

A força vem do mesmo lugar da fraqueza:
sem minha mãe eu poderia ter sido mais sábio
porém incapaz de ação
homem de encruzilhadas e não de caminhos
mais dúvidas do que certezas
mais escolhas do que decisões

Vivi entre dois campos diversos
meu pai sempre foi diálogo
minha mãe sentença

meu pai foi amigo
minha mãe professora
meu pai prezava o indivíduo e a liberdade
minha mãe o compromisso e a coletividade

O que para minha mãe era indecisão
para meu pai era ponderação
flexibilidade
capacidade de mudar e de melhorar
renovação e adaptação
busca de outros caminhos
experimentar e mudar
liberdade

Mamãe cobrava de todos
grandes e pequenas coisas
mesmo quando elas aconteciam
continuava a cobrar
obstinada insaciedade
e a vida se tornou pesada

Para uns a separação
é uma forma de renovação
para outros mais inquietação
ressentimento acumulado
virando amargura
sem que houvesse certo e errado
cada qual foi para o seu lado
duas vidas bem mais duras

*

Sabedoria é equilíbrio
ensina a ser duro e ser suave
a sensatez e a impulsividade

No final decidi ser eu mesmo
inverso reverso coerente na contradição
amigo do compromisso
mas feito de liberdade

Razão e coração
divagação e decisão
caldeirão incandescente
transbordante com palavras
vida em estado puro
e ninguém pode dizer
que não conhecemos o mundo
                    até os seus gelados polos

*

Quem dera ter alguém
a quem dar carinho
entregar os sentimentos
sem receio de abandono
e receber de volta
cuidados de menino

Quem dera lavar teu corpo
em um banho perfumado
amparar-te nas escadas de pedra
e acariciar teus cabelos
quando falares dormindo

Quem dera te dar de comer
e te dar de beber
e pedir histórias
só para ver teus lábios
levar-te ao mar
para te ver caminhar na areia
sorrir ao sol
resplandecer

Quem dera saber-te minha
sem momento nem condição

e jamais te deixar sozinha
nem sofrer meu coração

Cuidar de ti como gostaria
que de mim cuidassem
e todo o tempo e esforço
jamais serão o bastante
para tamanho amor

O impossível amor verdadeiro
que eu no entanto
ao me dar por inteiro
defendo lança em riste
cavaleiro dos castelos de cristal
trincados de guerra
de sol e de sal
incansavelmente

*

Esse amor existe
feito magia
perdura enquanto se crê
assim era nos tempos distantes
em que nós à noite
saíamos para comer

Sempre no centro
perto de casa
eu voltava deitado
no estreito bagageiro
atrás do banco do Fusca 1300
onde mal cabia uma mala
mas entrava uma criança

Naquele tempo ninguém usava cadeirinha
nem cinto de segurança
eu olhava pelos vidros
enquanto o carro andava
via passarem os faróis de trânsito
os fios elétricos os arranha-céus
pulando com a imaginação
de um prédio ao outro

Aos domingos na Fontana di Trevi
casa antiga na Rua 13 de Maio

eu adorava reencontrar
os peixes coloridos na fonte da entrada

(Quando fui a Roma aos 21 anos de idade
e vi pela primeira vez
a Fontana de Trevi verdadeira
esculturas épicas sobre o azul
na pequena praça apinhada de gente
joguei minha moeda desejando
não voltar a Roma
e sim no tempo
para a fonte da infância)

No aquário na entrada da cantina Roperto
mesas separadas por tapumes de madeira
lagostas andavam vivas
com suas antenas escandalosas
o Comilão se gabava de fazer
99 tipos diferentes de pizza
eu menino admirava o cardápio enorme
mas só pedia *mozzarela*

Férias passávamos na colônia
            do Sindicato dos Jornalistas
casa de tábuas em Campos do Jordão
uma mesa grande e uma geladeira antiga
a alameda de terra ladeada de hortênsias
onde eu andava de pé no chão
meu pai saltava da estrada para tirar
ainda mole e cheirosa

a resina dos pinheiros feridos
dizendo
"é o sangue da árvore"

Fim de tarde quando o escuro caiu
sozinho no carro
esperando meus pais
o cavalo cegado pela luz dos faróis disparou
bateu de barriga no capô e deslizou pela lataria
levando o espelho retrovisor
a menina da sela voou sobre a capota
os adultos correram para ver o que aconteceu
ninguém se feriu nem sei se o cavalo
mas até hoje na estrada à noite
para os cavalos eu baixo a luz

*

Nos fins de semana
saíamos de carro para almoçar
no restaurante As Carpas em Jundiaí
eu logo ia jogar o pãozinho n'água
para ver as boquinhas ávidas fazendo festa
e me perguntava se os peixes que eu comia
eram os mesmos a quem eu dava o pão

O Lago dos Cisnes
passeios de pedalinho
e um dia na Via Anhanguera
diante de um carro capotado
rodas ainda girando no ar
vi a mãe levantando no capinzal
retrato do desespero
a dor lancinante
o impacto da vida que muda
num único instante

para viver é preciso viver bem
e ter estrela

*

Eu gostava de andar com meu pai pelo Centro
passando pela redação das revistas
na Rua Brigadeiro Tobias

no calçadão da 7 de Abril
os homens-placa anunciavam ouro
e as galerias fervilhavam de gente
com e também sem o que fazer

as ruas ainda estavam cheias de trilhos no asfalto
mas os bondes estavam aposentados
amontoados num cemitério de vagões
sob o viaduto entre a Rudge e a Rio Branco

para ir embora no fim da tarde
os cidadãos de gravata
tomavam o ônibus
ou o táxi de lotação

São Paulo tinha aquela antiga elegância
no centro de negócios e comércio
no Mappin funcionava uma escada rolante
mas eu preferia o elevador lotado
sempre saía quando a ascensorista falava
"terceiro andar, brinquedos"

Almoçávamos eu e papai em A Cabana
sobrado da Avenida Rio Branco
perto no Largo do Paissandu
quiosque de cobre no centro
recolhendo a fumaça das grelhas
restaurante da moda para executivos
eu me sentia muito importante
e mesmo criança pequena
tinha vontade de trabalhar

Num dia daqueles
fugimos para assistir *Deu a Louca no Mundo*
saímos do cinema quando lá fora já estava escuro
escapei com meu pai
da rotina
do trabalho
das responsabilidades presentes e futuras
de tudo
e isso era cuidar
ser pai e filho

*

Era bom estar com meus pais juntos
e ter meus momentos com cada um
com minha mãe Cine Metro:
A História de Elza, a leoa
no Cine Paissandu vi *Bambi* pela primeira vez
(história de terror
em que a mãe é assassinada pelo caçador:
como esquecer?)
Por vezes
minha mãe se vestia de festa
e me levava à Barão de Itapetininga
tomar o chá da tarde na Vienense
edifício da Paz 262
no elevador pantográfico
a sensação de subir ao ar livre
com a escadaria de mármore girando ao redor
janelas retangulares refrescavam o grande salão
ares da Europa que eu nem conhecia
cortinas brancas balançavam suaves
garçons de paletó branco e gravata borboleta preta
deslizavam bandejas ao som do quarteto de cordas
tomávamos chá com limão em xícaras de porcelana
eu pedia torradas com queijo derretido
minha mãe dividia comigo um refinamento
sonhado desde os tempos de menina pobre

e eu me sentia homem
quase namorado
perto da janela sentado
olhando para ela
e vendo lá fora

*

O apartamento térreo era um pouco de casa
com um quintal cimentado
lugar de respirar o ar urbano
um pouco de liberdade
na Liberdade aprisionada

Na edícula veio morar a moça baiana
ajudante de casa
com cheiro de roça queimada
dedos curtos de anão
na espessa cabeleira terrosa
trouxe um ninho de piolhos
causadores de infestação infernal

Sentada na lajota vermelha
na porta da área de serviço
minha mãe me colocou entre as pernas
esfregou meus cabelos com vinagre
catava lêndeas com a ponta dos dedos
meticulosamente

No mesmo lugar jogávamos cinco-marias
com saquinhos costurados de feijão
minha mãe lembrava sua infância
melhor no jogo que todos nós

e riscava no quintal amarelinha
para pular descalça
espírito brevemente solto
de adultas preocupações

Quando levantaram mais alto o muro
para terraplenar do outro lado
um estacionamento
caiu no quintal o gato louco de raiva
e dali não conseguiu mais sair
eu passava distraído no quarto
quando ele do lado de fora me viu
saltou direto sobre mim
espatifou-se contra a janela
arranhou o vidro criii crii
com aqueles olhos de loucura assassina
gritos de giz de lousa
e tomei um susto de morte

(desde então passo longe de gato)

Para o quintal ganhei um novo brinquedo
o foguete vermelho que enchia de água
bombava o ar até que soltando a pressão
o projétil disparava num risco vertical
deixava uma coluna de água no ar e caía
de volta à terra
fragorosamente

Meu pai me deu
um cardeal da serra

peito branco e cabeça vermelha
dizia ser meu mas era dele
porque ele é que gostava de passarinho
batizou-o de Zé Bonifácio
entregou seu cuidado a mim
era bonito mas não sabia cantar
por isso um dia meu pai desapontado
achou melhor soltar

Abri a porta da gaiola
numa curva de estrada em Serra Negra
desacostumado da liberdade
Zé Bonifácio demorou a entender
enfim voou e nunca soubemos
se aproveitou a chance que todos deviam ter
ou morreu por não saber viver

Meu pai arrumou então um canário
amarelinho e cantante que o deixou feliz
tinha ensinado a mim:
sopre no alpiste para tirar a casca
ponha alpiste novo
raspe a bandeja, troque o jornal
banana mamão tomate água fresca
ele dizia que me ensinava responsabilidade
mas só não queria mesmo era botar a mão
naquela sujeira

Foi em casa minha festa de quinto aniversário
com amigos da escola, do prédio e da Casa Verde

minha mãe disse ao fim
essa foi a última festa que faço para você
murchei naquela hora
e nunca mais eu quis fazer festa
nem quando adulto
por medo de ninguém
aparecer
e porque acabou
algo em mim

*

A comida chegava
fumegante nas panelas
o prato de todos os dias
arroz feijão bife e salada
salada bife feijão e arroz
para a criança ficar grande

Na copa um certo dia
a bofetada de minha mãe
já não lembro ou nunca soube a razão
só lembro da sua raiva
e de um gosto que fica na boca
em criança não se bate
muito menos na cara

*

Rebelde precoce
resolvi um dia ir embora de casa
fugi mas não tinha para onde
fui morar na escada do próprio prédio
entre o segundo e o terceiro andar

Fiquei lá algum tempo
o bastante para minha mãe se assustar
depois de me dar como perdido
chorou ao me ver
sem saber se me abraçava beijava
ou dizia que eu devia apanhar

Eu era pequeno
mas o sentimento é grande
estava magoado
e falava sério
não queria ficar
mas não tinha aonde ir
queria ser acolhido
mas não sabia amar
queria ser homem
mas era menino
queria ser gente
mas era passarinho

queria um beijo ou um carinho
queria não querer tanto
aceitar as coisas como elas são
mas sou assim desde então
e a derrota e a intimidação
o abandono e a frustração
são o que me levanta do chão

eu queria viver calmo e sozinho
e fazer esculturas de pedra-sabão
uma espécie de Aleijadinho
com esse meu jeito
e um defeito
só no coração

*

O Brasil da repressão militar
um dia fez uma grande festa
90 milhões em ação
dizia a música da Copa de 70
pra frente Brasil do meu coração

Mesmo quem só queria tristeza
porque na ditadura era proibido ser feliz
viu a primeira Copa ao vivo e em cores
para todo o país
ainda que pouca gente tivesse televisão

As famílias os amigos
e os mais fraternos desconhecidos
reunidos nas casas nos bares na rua
torciam pela seleção apaixonadamente
e o time de estrelas
era uma constelação reluzente
Pelé Gérson Rivelino Jairzinho Tostão
(e minha mãe adorava Clodoaldo
por ter sido pobre de pé no chão
contraído esquistossomose
e mesmo com tudo isso
foi campeão)

O Brasil na final goleou a Itália
como se não fosse nada
a vitória estava tão certa
que a comemoração começou antes do jogo acabar
tia Malfisa jovem solteira
entrou em casa com amigos a pular
tremulando uma enorme bandeira
garrafas de cerveja de mão em mão

Saíram de novo todos para a rua
inebriados de amor pela nação
pegamos os primos em casa
entramos no congestionamento nacional
na paralisada 23 de Maio
as pessoas em cima dos carros
faziam um desfile cívico delirante
estranhos se abraçavam e beijavam
confraternizavam
como no mais libertino carnaval

(Prima Regina ficou brava
porque pediu a meu pai para subir no capô
mas ele não deixou, não)

*

O Brasil era tricampeão
a economia era Milagre
mas não havia liberdade
maior riqueza de um povo

Na escola se dava Moral e Cívica
para se aprender o que é o bom cidadão
eu menino adorava as paradas militares
os tanques desfilando no 7 de setembro
aparatosa bazófia militar
cartão-postal da ditadura
com presunções de superpotência

Eu gostava da Esquadrilha da Fumaça
riscando o céu de fumaça colorida
e de ver os Dragões da Independência
uniforme branco
                    capacete de crina
em cavalos de Pedro Américo
ah eu queria ser um deles
e ter um espadim
menino admira imagens

*

Liberdade
aberta a todos os orientes
recebeu coreanos
sol poente de outro matiz
estranhos estrangeiros
chamavam a atenção pelo nariz
penduravam o peixe à janela
para secá-lo ao sol
ali o deixavam curtir
pouco a pouco tomaram o prédio inteiro
e estranhos ficamos nós brasileiros
ali

Certo dia um avião de papel
planou rápido perto de mim
cravou-se na porta da área de serviço
com uma ponta aguda de metal
o coreano desapareceu
na janela do terceiro andar
eu pequeno demais para brigar
proclamei em pensamento
outra guerra mundial

Mudar foi questão de tempo
aos seis anos de idade saí

da Rua dos Estudantes
para o resto da minha vida
mas já era eu
assim como ainda sou eu
diante do espelho
o homem de menos cabelos
e mais manchas no rosto
os olhos de um verde após as tempestades
mas tudo o que eu era ainda se encontra aqui
e tudo o que veio depois
não mudou o antigo menino
ao contrário
porque o menino
eu nunca perdi

*

O tempo é tão sem tempo
que começa quando acaba
assim ao menos parece
na parede da memória

O tempo é tão sem tempo
que constrói quando desaba
a gente nunca esquece
uma saudade com história

Permanente é o amor
que é fruto da estação
na primavera ele é flor
e tempestade de verão

Quem ama, tudo quer
amor de mãe e protetora
amor de filha e mulher
amor de amiga e professora

Tantos erros neste mundo
ainda há por reparar
se eu tivesse um segundo
eu fazia o amor ficar

Se eu tivesse o poder
de criar vida, fazer luz
se pudesse mesmo ser
o Deus que nos conduz

Fazia mais gente assim
de sonho e pé de feijão
e deixaria o amor pra mim
pra salvar meu coração

*

A gente quando cresce
mata a criança dentro do adulto
sai dela o guerreiro para a vida cotidiana
pronto a superar perdas e pular abismos
derrubar as muralhas do dia a dia
construir a fortaleza humana

Soldado, sacerdote ou trabalhador
trocamos o mais puro sentimento
por decisões implacáveis
e nos conformamos com o possível
compreendemos nossos limites
aceitamos a doença
a mortalidade
os desejos inalcançáveis
as grandes impossibilidades
reprimindo o brinquedo
o jogo
o sonho

O menino atrapalha o homem
mas quando o homem mata o menino
mata o desejo
mata as vontades mais verdadeiras
que fazem a vida valer
sepulta o homem em vida

A criança é o tempo em que sonhamos todos
em ser bombeiros médicos salva vidas
ou qualquer tipo de herói
é preciso sonhar
mais vale uma vida na eterna busca
que aceitar as linhas escritas pelo destino
ou por alguém mais

Ao menino eu volto
na busca do amor e da paz
encontro comigo mesmo
volto ao riso e ao carinho perdidos da mãe
a redoma em que tudo é meu
busco energia
a minha coragem

Meninos não têm
preconceito ou barreira
como no tempo em que eu jogava bola na rua
e ninguém ligava para quem eu era
ou de onde vinha
porque na rua da infância todos eram iguais
palavras conceitos interesses não importavam

O menino não vê limite do sonho
não é memória
é parte da gente
pedaço inocente
coração incandescente
enquanto o adulto escraviza

o menino liberta
em nós o que há de melhor:
a emoção

*

O homem faz aviões
vacinas
tomografia
tanques e canhões

A criança dá asas ao vento
desenha no céu constelações
vira no ar as pernas do cotidiano
faz da mesa a tenda do índio
da poltrona a caverna
inventa a vida inteira
e reina acima de tudo
imune a tudo o que tolhe:
o protetor solar
a restrição alimentar
o medo da fantasia
a máscara da hipocrisia
o limite para tudo com que os adultos
aceitam e encobrem sua rotina
de grandes e pequenas frustrações

A criança é antídoto do adulto
dela vem a vontade
a bondade
o espírito

a liberdade
a riqueza
o prazer mais simples
a jabuticaba no pé
o favo de mel
o risco do jato no céu
o cheiro de terra molhada
a manhã orvalhada
o cheiro da flor de jasmim
o beijo num verde jardim
a mão que lava a outra

Quem conhece aprende e não esquece
o afago
o carinho
o abraço
o olhar perdido no espaço
tudo o que vemos pela primeira vez
a maresia a ventania a neblina na noite
a escuridão estrelada
os vagalhões cinzentos da tempestade
as praias cerúleas de paraíso
as braçadas nas ondas
a hora de oração

Em vez de quebrar os santos de barro
súbito quero
o café da tarde
a cadeira na varanda diante das montanhas
o vento silvando no prenúncio das nuvens

o cão roçando a canela
o sorriso do filho
a mão no ombro do amigo
as notícias singelas
sem aparente importância
tecido da rede do tempo
sobre a qual nos deitamos

*

Quando trazemos de volta o tempo
a cor é mais verde
a terra é mais nossa
a alegria é sincera

Cada instante faz parte de nós
nos acompanha
e riscamos no chão
perdido ou não
nosso lugar no mundo

*

Você já viu
a vasta campina
céu de estrelas
floresta selvagem
a cidade de infinito concreto
vastidão de luz e de sombra
à nossa espera?

Você já viu
sonhos de tempestade
por dentro queimando
a gente mudando
virando vontade?

Você sabe quem somos
nos caminhos estreitos
onde já fomos
sem ficar satisfeitos?

Olhou dentro e fora
viu a força do vento
no eterno momento
que chamam de agora?

Já prestou atenção
no fogo que arde

na roda que gira
na luz fim de tarde
no tempo que vira
prestou atenção
                    repito
no seu coração?

*

Comi com pobres e ricos
conheci poderosos e necessitados
os bondosos e os iníquos
heróis bem sucedidos
nem sempre verdadeiros
e verdadeiros heróis
no fim fracassados

Conheci sultões da Arábia
e os longilíneos guerreiros masai
que fazem de estrume a sua cabana
conheci lugares e gente
diversa, plural, diferente

mas um homem só é homem
quando é o mesmo em toda parte
seja metrópole ou a savana
em qualquer lugar aonde entra
em qualquer lugar de onde sai

*

O meu lugar eu não esqueci
não por honra ou glória
apenas não há pessoa
de verdade sem a sua história
a criança dentro de si
a identidade fundamental

Levanto a espada flamante
(para outros um reles pedaço de pau)
contra o visível e o invisível
e o que vier
me lasco
me dano
como quando voltava
para casa sujo de lama e pó
roupa puída e tênis rasgado
e já não é brincadeira
é a vida inteira
que faço assim

Se vale a pena?
talvez
não sei
essa conta jamais contei
só sei que vivo

e falo e escrevo
cada momento
e ainda sou
menino de apartamento
aquele que ama
e amou até o limite
sem importar o fim
só assim
o homem sem tempo
sobrevive em mim

*

Mesmo quando saímos
da Rua dos Estudantes
para outras vidas
esse foi meu endereço
meu orgulho
meu trabalho
minha parte ínfima no todo
porém essencial

O mundo sem nós não existe
ao lhe dar sentido dele tomamos posse
somos sua consciência
enxergamos a grandeza de tudo
entendemos o universo em sua inteireza
matéria sentimento tempo
apesar das nossas diuturnas iniquidades
da nossa miséria

Para que viver pequeno
se eu pequeno já queria ser maior
para que desperdiçar tempo
o tempo é o que temos de melhor
para que deixar de amar
por que o medo de não ser amado

(e para receber amor
basta estar sempre ao lado)

Para que viver contando
com as coisas que catamos no chão
se podemos olhar o céu
contar estrelas
criar a nossa própria constelação

Para que viver calado
isolado num vão sozinho
se podemos cantar e dançar

Para que sermos esquerdos
com vergonha de nós mesmos
para que ter rumo certo
buscar verdades
se a felicidade está mais perto
quando seguimos as vontades
de mãos entrelaçadas

Para que contar com a sorte
ou com a razão
se podemos contar com o desejo
razão do coração

Para que pensar na morte
para que tentar vencê-la
quando não há vitória

Se perder é a única certeza
melhor saber perder
melhor perdermos bem
melhor contar uma história
melhor eternizar o sonho
poesia cada dia a renascer